U0148359

闻道学术作品系列

和张岱一起看雪

唐玉霞◎著

安徽师范大学出版社

ANHUI NORMAL UNIVERSITY PRESS

·芜湖·

图书在版编目(CIP)数据

和张岱一起看雪 / 唐玉霞著 . — 芜湖 : 安徽师范大学出版社,
2022.9

(闻道学术作品系列)

ISBN 978-7-5676-5843-1

Ⅰ.①和… Ⅱ.①唐… Ⅲ.①文艺评论-世界-文集 Ⅳ.①I106-53

中国版本图书馆 CIP 数据核字(2022)第 185572 号

和 张 岱 一 起 看 雪

HE ZHANG DAI YIQI KAN XUE

唐玉霞◎著

丛书策划：戴兆国　　桑　农

责任编辑：房国贵　　　　　　责任校对：李克非

装帧设计：王晴晴　　张德宝　　责任印制：桑国磊

出版发行：安徽师范大学出版社

　　　　　芜湖市北京东路1号安徽师范大学赭山校区

网　　址：http://www.ahnupress.com/

发 行 部：0553-3883578　5910327　5910310(传真)

印　　刷：安徽新华印刷股份有限公司

版　　次：2022年9月第1版

印　　次：2022年9月第1次印刷

规　　格：880 mm×1230 mm　1/32

印　　张：11.125

字　　数：167千字

书　　号：ISBN 978-7-5676-5843-1

定　　价：50.00元

凡发现图书有质量问题,请与我社联系(联系电话:0553-5910315)

目　录

目
录

五

第一辑　字里相逢

和张岱一起去看雪

王小波说:"一辈子很长,要跟有趣的人在一起。"张岱是不二人选。张岱够有趣,这个贵公子年轻时声色犬马,可是大把的粉丝表示理解甚至艳羡追随,因为他玩得风雅。

1597 年,哥儿出生在江南绍兴,祖上四代为官,家事显赫类似于《红楼梦》。张岱也和贾宝玉一样,正经事不喜欢,专好旁门左道:"少为纨绔子弟,极爱繁华,好精舍,好美婢,好娈童,好鲜衣,好美食,好骏马,好华灯,好烟火,好梨园,好鼓吹,好古董,好花鸟,兼以茶淫橘虐,书蠹诗魔……"这是张岱自撰的墓志铭。"茶淫橘虐,书蠹诗魔",不以为耻,反以为荣。与道德无关,这是当时社会的主流价值观。

如果是寻常人家,无非落了"败家子"三个字,张岱家里玩得起,于是玩出了一位晚明大家,精通所有穷奢的艺术和风雅的情致。幸好没有堕落成薛蟠之流，张岱这个人境界起手太高，低迷不下去。

晚明名士是个复杂体，时而放纵，时而笑傲，时而青楼，时而佛堂，寄身于情欲，又随时跳出滚滚红尘。何况你也不能要求个个都像李贽那样成为思想家，或者像徐渭那样游走在剃刀边缘，一个公子哥儿的耽于享乐，几乎是他们与生俱来的本能。这一本能无法臧否，好像邓尉的病梅，成为一种特殊社会环境下的美好之处。

然而这都是以前的事情了。四十几岁之前的锦衣玉食之后全都成了灼痛心灵的记忆。

晚明在风雨如磐中终于体力不支，覆巢之下，遗民张岱携带着浩繁的明史手稿，辗转山林庙宇。等《石匮书》写成出山，已经是清顺治十年。国破家亡，千金散尽。

红尘十丈，不再属于张岱。除了至死不做大清的顺民，张岱无能为力："学书不成，学剑不成，学节义不成，学文章不成，学仙学佛学农学圃俱不成。任世人呼之为败子，为废物，为顽民，为钝秀才，为瞌睡汉，为死老魅也已矣。"张岱成了一个胼手胝足的乡下老人，他至少活到八十多岁。

笙歌歇，彩云散，繁华逐水。李渔在梨园霓裳中，写下《闲情偶寄》；余怀在秦淮风月里，写下《板桥杂记》。历历都是从前，不能忘怀的刻骨铭心，却是一去不回头。于穷愁之中，秃笔破砚残墨，张岱一笔笔写《陶庵梦忆》："因想余生平，繁华靡丽，过眼皆空。五十年来，总成一梦。今当黍熟黄粱，车旅蚁穴，当作如何消受？遥思往事，忆即书之，持向佛前，一一忏悔。"软玉温香的江南，活色生香的传奇，妙趣横生的市井，白头宫女细说从前，不过是自言自语。李敬泽说："张岱是爱繁华、爱热闹的人。张岱之生是为了凑一场大热闹，所以张岱每次都要挨到热闹散了、繁华尽了。"

像体温过低的人，追赶着每一点炉火。

看看冬至，天着实冷起来，一场或者数场意料中的雪正在来临的路上。若是下雪，最风雅的事是和张岱一起去湖心亭看雪，这是中国文化史、艺术史上孤绝出尘的一景："大雪三日，湖中人鸟声俱绝。……独往湖心亭看雪。雾凇沆砀，天与云与山与水，上下一白。湖上影子，唯长堤一痕，湖心亭一点，与余舟一芥，舟中人两三粒而已。"

章诒和说，如果她生在明末，会嫁给张岱。我能理解。天地茫茫，对面这个丰神俊朗的男子，是人世间最有趣最有格调的人，小心不要爱上他，爱一个精致优雅又放浪形骸的人,得要多么深厚的内力才能抵挡得住他内心深处的荒凉。也只有章小姐能够驾驭住吧。

张岱年轻的时候也曾有意"补天",明代一口气拖到崇祯,天缺一角,任是什么样的石头也补不起来,何况张岱这枚田黄,虽然贵重,其实于家国全无用处。

据说田黄中的煨红更是精品中的精品,福建的农人秋冬季节在田里烧柴草麦秆,无意间将地下的田黄煨红了。极尽的欢愉,靡丽的奢华,张扬的才情,被沉痛的国破、剜心的家亡点燃,煨红了张岱心里的石头,他在回忆里舔舐过往,把自己烧成一把草木灰,随一场风来收拾。

废名不废

我看废名真是比较晚,不过作为二十世纪中国文学史上最有影响力的文学家之一、"京派文学"的鼻祖,我对他保持敬意。

对于有距离的东西,我们一般都用敬意将其归为同一阵营,也将彼此之间的高下划清。这是尊崇对方,亦是抬高自己,至少我是这样。因为我没有看懂废名,又耻于承认自己阅读品位低下。也不是完全没有看懂,废名小说、散文、诗歌均有涉猎,影响最大的是小说,《竹林的故事》《桃园》还是略知一二,至于《莫须有先生传》《莫须有先生坐飞机以后》就令我阅读疲惫。疲惫就不读,等毕业论文做《现当代小说的散文化创作》,分析废名、沈从文、汪曾祺和王安忆的散文化小说创作,只好硬着头皮去读,也就读了。一件事不带感情去做比带感情去做要容易得多,功利的阅读反而不会触痛情感的好恶。

　　1927年，张作霖决定将北京大学改为京师大学堂，又说因为解聘了周作人，时在北京大学英文系读书的废名冲冠一怒，又无计可施，于是退学避居乡下。后来他以此为背景写下《莫须有先生传》，汪曾祺这样客气的人都说有点令人莫名其妙，我觉得比较像是一个文人一场梦。中国文人从庄周到柳梦梅，都有梦遇的传统，而废名靠庄周近，语带禅机，也就更见曲折。他的老师周作人大加赞赏：莫须有先生的文章的好处，似乎可以旧式批语评之曰，情生文，文生情。这好像是一道流水，大约总是向东去朝宗于海，他流过的地方，凡有什么汊港总得灌注潆洄一番，有什么岩石水草，总要被披拂抚弄一下子，再往前去，这都不是他的行程的主脑，但除去这些也就别无行程了。

　　我读出知堂先生的另一层意思，即是想哪儿说哪儿。想哪儿说哪儿就是散，废名的文字如水，既如水空灵，也如水清灵，又如水放浪形骸，有一种潺湲，有一种从容，兴之所至的佻跶，无所拘束的任意。所以废名的小说可以当散文看，尤其是他创作的第一阶段，即是写《竹林的故事》这一阶段，自然和人文在他的笔下呈现，而不是表现。营造出静寂的中国画意境，精美的生命状态，这和当时批判的现实主义的时尚多么迥然。到后期的小说,如《莫须有先生传》《莫须有先生坐飞机以后》,将道家哲学与西方现代主义结合,从自然地流淌进入理性的思考。废名最为典型的是以短句子为主,语言具有艰涩、质朴的音乐感,在简短、朴素之中表达天地人的感悟。但是后期表达形式越来越符合常用的语法规范,语句较长、较缓,不再如先前那般短促、跳宕,用词也力避奇僻生辣。

汪曾祺说废名受了佛教思想的影响,作品有见道之言,很不好懂。废名出生于湖北省黄梅县,佛教兴盛之地,禅宗文化是废名对世界认知的一部分。进入北京大学,结识了胡适、周作人等人。胡适其时正在撰写中国禅宗史,曾就黄梅的禅宗文化与废名有所交流。周作人当时已开始研读大量的佛教经典,自诩为在家和尚。废名与周作人关系紧密,沈从文在一篇写废名的文章中说,周作人这种"用平静的心,感受一切大千世界的动静,从为平常眼睛所疏忽处看出动静的美"的绅士作风实在是有些"僧侣模样"。只不过相对于周作人的"僧侣模样",废名走得太远,远到了周作人也声明不懂的玄学。这也许是周作人可以在红尘中喝一杯苦茶,而废名已经在禅房中深陷不起的原因吧。

　　废名热是近些年才升温的,大概和周作人、沈从文、汪曾祺的推崇不无关系。也没有到高温,估计也难有高温,毕竟他的作品并不多,何况他与红尘背道而驰的简淡清远实在是不合时宜。但是于有意无意间,与废名在语言上和对自然的理解上,从两位当代作家中能看到共通之处。一是写寻根小说《树王》《孩子王》的早年的阿城。还有一个是贾平凹,不是近些年的贾平凹,与废名超越理性地展现乡村之美相比,此时的贾平凹割断了乡村审美之后已沉沦到乡村之恶中。而多年前,那是个写《秦腔》《丑石》的贾平凹,以古朴的田园风格,老辣中的枯寂,与废名一样,有一种不胜孤寂的美好。也许正是如此,废名始终有陶渊明式的出世倾向。其实也正常,如果说每一个人心里都有一个英雄梦的话,对于每一个读书人,心里都有一个桃花源。

　　废名有非常鲜明独特的个性,但其实他还是寂寂无声。有种人,你在他身边盘桓良久,试图走近,却总有一层透明的隔阂,类似于爱斯特的钟形罩,未必是罩内人有意为之,这是一种拒人于千里的气场。明白这一点令人绝望,有一种境界,无论是文字还是精神,我们注定无法企及。这也让我们暗暗松了一口气。真到了那个境界,曲径通幽处,只看到红尘脚下远，禅房花木深，也是很无趣的吧。我们虽然向往，但并不甘于舍身试之。

　　写了半天，我觉得我还是没有读懂废名。不过需要说清楚的是，废名不总是晦涩的，比如他原名为冯文炳，这个名字又亲切又寻常，但是1926年6月10日，25岁的冯文炳在日记中写道：从昨天起，我不要我那名字，起一个名字，就叫做废名。我在这四年以内，真是蜕了不少的壳，最近一年尤其蜕得古怪，就把昨天当个纪念日子吧。为什么是废名？杜甫说不废江河万古流。这是很多知识分子尤其年轻知识分子的人生追求，冯文炳却反其道而行之，不知道是受了什么刺激。读书人书生气，很容易受刺激。阿城说，文章是生活状态的流露。从这一点来说，这个穿着灰色长衫、戴着小圆眼镜、清癯安静的男子是真实的。

我的鲁迅

鲁迅，他的名字渐行渐远。时间的灰尘，掩盖了曾经的光芒，但是，是不是这样更加真实？真实的鲁迅，是不必镀金的。

我们这个年纪，接触鲁迅很早，触摸的也是他的童年，抒情气质的鲁迅。记得二十多年前，在运漕中学，学校清理图书馆，英语老师分到一捆鲁迅的著作，他的宿舍就在我们班隔壁，我们翻看封面朴拙的《野草》《且介亭杂文集》《彷徨》，接触到了《闰土》《从百草园到三味书屋》之外，一个又冷又硬又锐利的鲁迅。

虽然只能浮游字面。锋利的文字闪电般划开年少的柔软，像一根钉子，深深扎进大脑。几十年过去了，钉子依然在那里。我很庆幸在饥渴的年龄里阅读了鲁迅，因为我希望我的思想里有铁质。

一年又一年，时间的风呼啸而过，卷走一些留下一些，鲁迅依然是经久不息的话题，他的妻子，他的儿子，他的孙子，他的婚姻，他的朋友，是舆论永久的关注，但是关于鲁迅本身，却没有多少新鲜内容。一方面，他像汉白玉一样被剔除了多余部分，契合雕塑者的创作意图；另一方面，人们不能走近他，盘旋在他周围，寻找蛛丝马迹，仿佛印证了什么，其实什么也证实不了。王小波说，对于一位知识分子来说，成为思维的精英，比成为道德的精英更为重要。而多年来，我们对一个人的要求是，他首先要是道德的精英。

这几年我读陈丹青的《笑谈大先生》，读林贤治的《一个人的爱与死》，读现代知识分子的茫然与虚空。应该说苦痛，可是苦痛吗？像鲁迅那样深刻地苦痛？在黑夜里试图举起手中的火把矻矻以求？我想鲁迅的苦痛负荷太深太重，不知道有多少知识分子能够担当得起这个词。

我们最熟悉鲁迅的一句话是，世上本无所谓路，走的人多了，也就成了路。这是句很乐观的话，也很倔强。但是路会走向哪里？夜是黑的，鲁迅一生所叙说的，都是中国的黑夜，他一生所跋涉的都是没有未来、没有天堂的黑夜的路，对于现存世界的绝望，对于现存世界的憎恶，他犀利地反抗、绝望地救赎，像匕首和投枪，他将自己定格成寒凝大地的暗夜里通宵不眠的守夜人。对于麻木的世界而言，也许清醒的他最冷。

注定，鲁迅受人非议诟病最多，但是不得不承认，他仍然是最勇敢的人，最真诚的人，最有良知的知识分子，最一往无前的战士，一直走在前面的人。

我不能写出鲁迅的万一。

我记得的鲁迅，是那个在百草园里吃桑葚的天真的孩子；是对许广平说，爱是好的，可是我不敢的卑微的爱人；是兄弟阋于墙的无奈的兄长。有句烂俗的话，一千个人眼中就有一千个哈姆雷特，不知道这一千个哈姆雷特里有没有一个是莎士比亚的哈姆雷特。就像我们一再喋喋不休议论的鲁迅，是不是真正的鲁迅。

有时候会想起鲁迅，只是有时候而已。如果时时刻刻都想到鲁迅，想到一个知识分子的良知，想到那些匕首投枪以及责任，会觉得沉重与自责，压抑得无法喘息的沉重与浓烈的血迹淋漓的自责；但是如果完全忘却了鲁迅，一如深陷在泥沼，沉堕在深渊，有一种无望与悲凉。所以，我想我愿意有时候想到鲁迅，一如在迷途中看到遥远的灯塔，在千万年的幽闭中看到星光。遥远的温暖与光明，是希望,也是指引。未必能够让我们走出,但是要看到未来,相信有未来。

钉子在某个瞬间隐隐作痛,痛,是一种安慰。

她将故事写成传奇

我们都是有故事的人，或者说希望自己是个有故事的人。不过有的人是故事，有的人是事故，而有的人则成为传奇。

杨绛的传奇，在于她的不传奇，她的不传奇在于她没有传奇的心，没有使出传奇的力，所以她的传奇没有龇牙咧嘴的恶相，没有漏洞百出的尾巴，没有捉襟见肘的仓皇。仿佛无意成就，却于无意间成就。

其实像杨绛这样出生于二十世纪初书香人家的女子，本来有大把的机会在世纪初叶写出风云或者风韵的传奇。无论郊寒岛瘦的林徽因，抑或特立独行的张爱玲，乃至张扬犀利的苏雪林，或者张兆和、冰心，无论是风情、风华、风采，或者风流云散，成就了她们人生故事里的传奇色彩。相比之下，杨绛显得多么平淡。

据说当年在清华大学就读，追求杨绛的人很

多，都被她拒绝，遂有"七十二煞"之称。但杨绛坦言自己不是个美人，不过是情人眼里出西施而已。太理智自知的女人易无趣，她的传奇在于如文学理论家夏志清所言："整个20世纪，中国文学界再没有一对像钱杨夫妇这样才华高而作品精、晚年同享盛誉的夫妻了。"想想看同一时代的学术伉俪，如梁思成林徽因、鲁迅许广平、沈从文张兆和等，都在时间与聚光灯的作用下展示出并不完美的一面，他们过得都不安稳。要知道，杨绛和钱锺书所经历的岁月要漫长跌宕许多。而在这漫长跌宕的岁月里，他们能够同心同德地宠辱不惊，甘守淡泊地著书立说。不要不屑安稳这两个字，它需要的不仅仅是外面世界的风平浪静，这是很难强求的，所以更需要的是内心世界的不为所动，不为所惑。烟火与书香打磨下的玲珑剔透。

1932年，21岁的杨绛初见22岁的钱锺书，她形容当时的钱锺书眉宇间蔚然而神秀。这五个字真是神来之笔。杨绛的父亲杨荫杭曾是北京一所政法学院的教授，后来历任京城高等检察厅检察长等。钱锺书则出生于江浙望族，父亲钱基博曾先后担任过圣约翰大学、光华大学、清华大学教授。这是门当户对。确定恋爱关系之前，钱锺书对杨绛表露心迹："志气不大，只想贡献一生，做做学问。"杨绛觉得"这点和我的志趣还比较相投"。这是志趣相投。1935年，钱锺书得到庚子赔款公费留学资格，杨绛很明白这位清华才子从小生活在优裕的家庭环境中，不善于生活自理，处处得有人照顾、侍候。杨绛放弃自己的学业充当这个角色。没有猎奇猎艳，从一开始钱杨婚姻的质地平稳密实。半个多世纪的婚姻，琴瑟和谐是一句含糊的话。人人都知道两个都有才华的人犹如两只刺猬般无法靠近，这之间的磨合与扶持，宽容与体贴，需要相互的善意与爱意，好在他们都是踏实温厚的人。63年婚姻生活中，杨绛欣然接受钱锺书的傻气、淘气、痴气，她站在钱锺书身后全力支持，也站在钱锺书身前为这个不谙世故人情的书生遮挡风雨。所以杨绛的自矜理直气壮："多年前，读到英国传记作家概括最理想的婚姻：'我见到她之前，从未想到要结婚；我娶了她几十年，从未后悔娶她；也未想过要娶别的女人。'我把它念给锺书听，他当即回说，'我和他一样'，我说，'我也一样。'"这话说得实至名归，令我们感动。

如果拿现代女权的观念来说，杨绛为钱锺书付出的要更多，如果不是照顾钱锺书的生活写作，也许杨绛的成就更大，这话不假，但是锱铢必较不是婚姻，是生意。如果付出的心甘情愿，得到的也心存感激，他们找到了最好的最舒服的相处方式，那么谁又在乎多与少？

所以一度杨绛的"我和谁都不争，和谁争我都不屑"这句话被很多人引为座右铭，我心中难免讶异，就像摸过一匹绵密厚实的亚光锦缎，却突然被拉到了手指上的倒剪皮。总觉得以杨绛多年来行事的妥帖和委婉，如此锐利的观点也只会在心留存。后来在《我们仨》中找到这一句是她早年翻译的英国诗人兰德的诗句。这就顺畅了。不是说杨绛当不起这句话，只是在人情世故上，我以为她不会像林黛玉这样尖酸到刻薄，而是有薛宝钗的含蓄温静。有资格说某些话，但是不说，这是涵养。

杨绛所译兰德的诗句接着是"我双手烤着生命之火取暖；火萎了，我也准备走了"。在钱瑗和钱锺书相继离开后，老人说："其实，锺书逃走了，我也想逃走，但是逃到哪里去呢？我压根儿不能逃，得留在人世间，打扫现场，尽我应尽的责任。"这是我们所钦仰的老人，对人生了悟透彻，尽职尽责，不苛求不强求，自知且自足。

世间好物不牢固，彩云易散琉璃碎。杨绛以此形容"我们仨"的聚与散。书似青山，灯如红豆，105岁的杨绛先生以书香与灯影，烛照着一个世纪的传奇，不灭。

孤独的乡下人

沈从文不是个难以解读的人，虽然一直在被"重新发现"中，不过他写了那么多文章，那么多文章写他，这个人是能解读个大概。大概就够了，有些部分是无法解读或者易被谬读的，不如不读。

沈从文很有才华，二十岁跑到北京混码头的时候，连标点符号都不会，到一九四九年改弦易辙一头扎进文物中，从文学到物质文化史和杂文物研究，他先后成就了两座高峰。沈从文也是个运气很好的人，一出道就得到了很多人的提携。初来北京报考燕京大学失败，穷困潦倒之际，北大教授郁达夫冒雪相见，撰文为其鸣不平。至于后来得到林宰平、胡也频、丁玲、徐志摩等人的帮助，一步步在文坛展露才华站稳脚跟，乃至在胡适的一力提携下，以小学文凭在大学任教，这一路走来，不可复制。

走上讲坛的沈从文紧张得十分钟说不出一句

话，又十分钟把一堂课的内容悉数倒完。胡适不仅没有见怪，反而为之撑腰：上课讲不出话来，学生不轰他，就是成功。袒护之情有目共睹。

后面的事情，大家都知道了。在中国公学，沈从文对著名的合肥四姐妹之一张兆和展开了长期的坚韧不拔的追求，张兆和从坚拒到最后接受，花了四五年的时间，沈从文这个乡下人终于喝到了梦寐以求的甜酒。也许所有的甜酒，最后都会喝出苦味，即使是他在这个世上唯一爱过的最好年龄的人。这是没有办法的事情，无论沈从文还是张兆和抑或努力撮合的胡适，可以决定婚姻的走向，无法左右婚姻的质量。

胡适曾对张兆和说：沈从文顽固地爱着你。而被称为黑牡丹的骄傲的张家三小姐说：我顽固地不爱他。她接受他的爱情，更多的是削足适履的屈服，所以多年的生活，其实张家三小姐的脚上早已血迹斑斑，只是她是个大家闺秀，隐忍而已。他能安身立命的才华，她不懂，也不想懂。他经常流鼻血，她都觉得不体面。她不爱他，她也没有办法。这种被爱情折磨和拒绝羞辱的心，并没有空间再去想，张兆和爱不爱自己？爱情是不是一厢情愿也可以？所以他的追求和得到都是单方面的满足。在婚后的日子里，张兆和找出各种理由，回避跟丈夫的团聚，以至于沈从文抱怨："你爱我，与其说爱我的为人，还不如说爱我写信。"

沈从文是将张兆和当成女神来爱的，而不是柴米油盐的妻。沈从文只要不在张兆和身边，就会写信给"三三"。这个"三三"是他竭力保留在心中诗意、灵动的女神。而喜欢穿着蓝布袍子的张家三小姐是冷淡的，理性、清醒、务实、踏实，她不是他停泊的港湾，不是他照明的灯塔，甚至不是与他并行的另一只行驶在碧溪岨上的翠翠的小船，而是一艘鼓胀着风帆、鸣响着汽笛的航船，她要做家务，她要带孩子，她要照顾沈从文，她还想好好工作。这个从湘西来的"不识时务"的乡下人，在巨大的政治风波面前是笨拙的，既不知道风自何来，也不知道风往何去，他在风中错乱了。迟钝、恐慌、崩溃，甚至自杀，固然是一个知识分子的狷介，是一个文人的孱弱，但是从另一个方面来说，他的敏感，他的脆弱，是她的困扰。对沈从文来说，又何尝不是，"一看到妻子的目光，总是显得慌张而满心戒备"，他在她跟前抬不起头。

两个优秀的人结合，未必就是优质的婚姻。张允和在文中记录过一幕：1969年，沈从文下放前夕,站在乱糟糟的房间里,"他从鼓鼓囊囊的口袋中掏出一封皱头皱脑的信,又像哭又像笑对我说:'这是三姐给我的第一封信。'他把信举起来,面色十分羞涩而温柔——接着就吸溜吸溜地哭起来,快七十岁的老头儿哭得像个小孩子又伤心又快乐。"1985年,一位采访他的女记者说:"沈老,您真是受苦了。"沈从文抱着女孩子的胳膊号啕大哭,哭得就像一个受了委屈的孩子。他像个孩子,始终像个孩子,他是需要的,需要呵护需要照顾需要理解,而不是给予,他不是可以依靠的肩膀。几十年的婚姻,她一定很挣扎,也一定很无助,只是以张家三小姐的性格,这寂寞并不能动摇她。

在神志模糊之前,沈从文握住张兆和的手说:"三姐,我对不起你。"沈从文去世之后,张兆和整理出版《从文家书》,写过一段《后记》,"从文与我相处,这一生,究竟是幸福还是不幸? 得不到答案,我不理解他,不完全理解。"如果能够重新来过,是不是会不一样,其实不会,因为人生即使从头再来,也无非重复。脚上的泡是自己走出来的,我们非得走出一脚的泡,才会对鞋子彻底死心。

你爱的人,其实是你的欲望在他身上投下的影子。而欲望,迟早会稀释得很淡,很浅,剩下一些相濡以沫的记忆，一些血浓于水的牵绊，还有一些习惯，就够了。我仍然觉得他们是幸福的，沈从文和张兆和的幸福，是各自孤独的幸福。

我们总是怀念过去的日子

关于孙犁，有很多可以谈论的内容，他长达90年的人生轨迹，他所经历的时代风云，他本身性格的优柔寡断（这是孙犁在给老友韩映山信中自己说的），他情感世界的纷争，读一个人文字，如果离开他的生平，未免失之偏颇，但是如果将文字与人生放到一起去读，却又如陷迷雾，纷扰不清。

既然历史是无法改写的昨天，有一点亦是定论，中国现当代小说走不出孙犁的白洋淀。就像中国诗歌，走不出陶渊明的世外桃源。虽然把孙犁和陶渊明齐头并论并不合适，虽然孙犁的白洋淀很难用小说或者所谓诗体小说定论，不过，我已经加了一个时间定语。走不出，是文字的影响力，也有情感上的依赖而不愿走出，这依赖是因为文字内容，是困囿于记忆，是迷醉于气息，也是对精神质地的仰慕。

很多人记得孙犁白洋淀纪事之二的《荷花

淀》，他写抗战，写得很美：月亮升起来，院子里凉爽得很，干净得很，白天破好的苇眉子潮润润的，正好编席。这女人编着席，不久在她的身子下面，就编成了一大片。她像坐在一片洁白的雪地上，也像坐在一片洁白的云彩上。景象充满了清新的诗意，听说丈夫水生明天要到大部队去，女人的手指震动了一下，想是叫苇眉子划破了手。她把手指放在嘴里吮了一下。我们立刻感知到女人心中的不舍，感受到她嘴里淡淡的血腥味。把激情燃烧的岁月写得如此田园，如此质朴又如此真诚，在此后一代又一代的读者心中留下深刻印象。那时候，解放区文学的代表作家之一孙犁才20出头。

我们当然质疑这种美好。

《风云初纪》《白洋淀纪事》《铁木前传》，以抗日战争时期到新中国成立初期冀中平原和翼西山区农村为背景，孙犁以饱满的热情和生机勃勃的笔触叙述人们生活和战斗场景：鬼子来了，女人撒腿就跑，往树林里跑，往灌木里藏；男人就撒腿往田野里跑，跑到田地里，正好做会儿农活。鬼子走了就拍拍土回家；女人也是，鬼子走了，三三两两从树林子里出来，嘻嘻哈哈跟赶集才回来一样。把革命斗争写得这样风趣,可以想见孙犁内心的从容轻盈。茅盾说:"孙犁的创作有一贯的风格,他的散文富于抒情味,他的小说好像不讲究篇章结构,然而决不枝蔓;他是用谈笑从容的态度来描摹风云变幻的,好处在于虽多风趣而不落轻佻。"和当时很多血脉偾张的革命文学相比,孙犁的恬淡平和更是一种我手写我心。孙犁说:"我回避我没有参加过的事情","我写到的都是我见到的东西,但是经过思考,经过选择"。他在思考和选择之后,呈现出来的美好饱含着他的憧憬和理想。

但是像所有现代中国传统知识分子的命运一样,作家的命运也和时代紧紧相连,解放区文学的区域性、历史性随着时代的变化不可避免地裂变,对于无论精神抗争力还是肉体承受力都显得单薄的孙犁而言,这种变化是他所无法应对的。长期绷紧的神经终于在1956年春天崩溃,"十年荒于疾病,十年废于遭逢",这里有太多的一言难尽,一言以蔽之。直到二十世纪八十年代,孙犁再度执笔为文,迎来创作的另一个高峰,革命的浪漫主义经历洗礼,从清新转为凌厉。这并不是孙犁的擅长,不是司空见惯的孙犁,却是一位作家的态度和良知。

孙犁创作的文学作品很多，涉猎体裁包括小说散文以及书话，老式文人多功底很厚。不过最负盛名、影响最为深远的是《白洋淀纪事》，也因此诗意的"荷花淀派"与乡土的"山药蛋派"一起撑起了现当代文学的天空之城。贾平凹写孙犁：读孙犁的文章，如读《石门铭》的书帖，其一笔一画，令人舒服，也能想见书家的自在，是没有任何疾病的自在。他说的应该是二十世纪五十年代之前的孙犁吧？后期孙犁我比较喜欢他的书话，如《书林秋草》《书衣文录》。书话不能淋漓表现一个作家的才华，更多地表现了作家的见解。但是这些作品褪去了浪漫主义色彩，褪去了时代的光芒，褪去了经营，虽然是逮着什么说什么，却更加自由自然。"不自修饰不自哀，不信人间有蓬莱。阴晴冷暖随日过，此生只待化尘埃。"曾经的火热与激情，如今尘埃落定到清癯沉寂，一个人的心里所经历的波诡云涌，成了纸上一行行简约克制的书话。世人模仿的清浅也罢，贾平凹眼中的清正也罢，在这里不可言说，不必言说。

忽然有彼黍离离的苍凉。

纪德总是问：要怎样才能写得真诚。像曾经的孙犁这样，热爱、相信，并且真诚地拥抱。如果我们一直走不出白洋淀的清新晓畅，也许因为我们总是怀念过去的日子，那就不要走出来。这世间，总有些真诚和美好，值得停留。

他写市井生活，他是市井中人

　　张恨水，最早接触他是看电视剧《啼笑姻缘》。张恨水的小说应该比较好改编成剧本，故事性强，内心戏好表达，拖泥带水的东西少。

　　戏子悲欢才子离合，看了也就看了，真没有什么深刻记忆。后来看小说，像《金粉世家》《春明外史》《八十一梦》也没有培养起浓厚的兴趣。即使是以当年北京豪门为背景的《金粉世家》，比起林语堂的《京华烟云》私以为还是有一定距离。我始终不觉得张恨水才华横溢，虽然有人说他是中国现代文学史上的旷世奇才，他奇在几乎以自学独辟蹊径写小说；奇在他一生创作了三千余万字作品；奇在他创造了捉一支笔俘获众多粉丝的现象，小说还不曾如此突破受众局限受到热爱。

　　张恨水的小说粉丝众多，从鲁迅的老母亲到新派张爱玲，在二十世纪初的中国，如老舍所言，张恨水可谓是"国内唯一的妇孺皆知的老作家"。这个得益于张恨水小说的市井性,就像凡有水井处,必歌柳词一样;同时张恨水的新闻人出身,他的小说缘起于社会新闻,通俗可读;还有一个重要原因是载体,报纸兴起发展,对小说起到了积极的推广作用。据说二十世纪三十年代,北平同时有五六家报纸连载张恨水的数篇长篇小说,可以说他是中国专栏作家的鼻祖。

张恨水媒体身份第一步是从芜湖迈出的。安徽潜山人张恨水自小跟着父亲在江西谋生,所受的教育断续不正规,他自己说"我在了解文字之前,是很不幸的,没有遇到过一个好老师"。但是张恨水很好学,并且自律性非常强,比如十三岁的时候,领了先生的十道文论回家做,他自己"要了一段看楼,自己扫抹桌子,布置了一间书房。上得楼去,叫人拔去了梯子"。好学几乎贯穿了张恨水一生的步履,直到壮年之后还学书画,自学英语。也是在这一阶段,张恨水接触到《西游记》《水浒传》《二十年目睹之怪现状》,林纾翻译的小说,以及《小说月报》和《桃花扇》等传奇,也试图写东西。就在他踌躇满志想到英国留学的时候,十八岁的张恨水遭遇迎头痛击:父亲急病去世。家庭经济支柱轰然倒塌,一个寡母,五个弟妹,这是作为长子长兄的张恨水的责任。

　　肩不能挑手不能提，文字依然是唯一的出路。二十三岁的时候，张恨水到芜湖做《皖江报》编辑，负责报纸副刊，藉此开始创作连载长篇小说《南国相思谱》。因为想到北大半工半读，张恨水从芜湖到北京，生计所累读书不成，写通讯养家。张恨水的勤奋也在于此，他一天要写好几千字新闻，我一直觉得新闻写作奠定了张恨水小说创作的底子，也使我觉得不应该将他归于鸳鸯蝴蝶派。他写的不是凌空虚架的男女爱情，也不是意淫一样的才子佳人，而是根植于社会生活的市井故事。他走的是现实主义的路子，虽然这现实主义在当时的历史背景下，主题没有那么鲜明，矛盾没有那么尖锐。至于写爱情，那是所有市井故事中最有热度和温度的，是任何一个写文字的人无法回避的。

　　唯一有点风花雪月感觉的是名字。张恨水是笔名，原名张心远，二十岁的时候用了个笔名"愁花恨水生"，倒真是有点儿鸳鸯蝴蝶，及至读李煜的词"自是人生长恨水长东"，于是用了"恨水"两个字，至于后来有人善意地解释成珍惜时间，张恨水自己说"满不是那回事"。这也是对于张恨水解读甚至误读的一个缩影：其实他没有那么诗意，也没有那么励志，更没有那么鸳鸯蝴蝶。

张恨水的小说创作以老式的章回体进行，张恨水本身就是个老式的人，他有一个大家庭需要供养，张恨水的女儿张政回忆"父亲的写作很辛苦，在书桌前，他俯伏了一生"。前期可能经济需要，后期已经是习惯，甚至中风之后，仍勉力要写。所以对于坊间流传报馆催稿，张恨水一边打麻将一边写连载，我一直不信张恨水能不羁如此？这次找了《写作生涯回忆》《张恨水研究论文集》《张恨水年鉴》看，果然谣传。

张恨水的勤奋不是一般人能够企及，勤不能补才气，可以垫高才气的脚底板，张恨水说每天几千字，"笔底下是写得很滑了"。而且张恨水秉持"不拆烂污"，写新闻有根有据，写连载也是守时守信，唯一的一次没有如期交稿，是小女儿因为猩红热去世，一时难以为文，当时是《金粉世家》的结篇阶段，二十四小时后，张恨水如期交出稿子。

我在看到这个细节的时候，总是脑补这样的场景：北平西城区砖塔胡同，那座用稿费买来的宅子，宅子里有张恨水手植的枣树，隔着书桌前的玻璃，是一丛细细的竹子，那个小小的孩子，曾经在这里玩耍，抬眼就能看见。现在，竹子和枣树在风中静默，孩子的母亲在身后啜泣，他拿起毛笔，颤抖着落下。

这就是生活。

郁达夫有诗：生怕情多累美人。用在张恨水这里，倒真是家累太重，对于他的文学创作影响太大。报纸上的连载，新书的出版，往往都要考虑到收入、弟妹的教育、婚嫁，家庭的柴米油盐。才华过高，自信过强，天才大半任性，张恨水自奉甚俭朴，一生除了十几岁的时候远走家乡逃避包办婚姻，始终勤勤勉勉："我是个推磨的驴子，每日总得工作。我是个贱命，我不欢迎假期，我也不需要长时间的休息。"

就这样写了半个世纪。

据说一等的文字是传世的，比如莎士比亚；二等的文字愉悦他人；三等的文字愉悦自己。张恨水的文字，曾经愉悦了二十世纪多少妇孺？世俗的悲欢，世俗的得失，也是世俗的孜孜矻矻。他的写作经验都是自己总结出来的，通过自己的阅历、阅读、写作、思考而得，实用，但是因循，境界也好，创造也好，都不足够，好处就在于，不会行差踏错。文学的价值可以更为高蹈，亦可以是米薪于灶膛，鞋履于行走，不够瑰丽，足够坚实。所以，说张恨水是"民国第一写手"实至名归，没有一个虚字。我想对于张恨水这位真实、务实的作家来说，没有一个虚字，是最基本的尊重。艺术不能全息、全范围，市井也是一种风格和主张。他是市井中人，他写市井生活，他是个真实的人。

闲读阿城

我读阿城和大多数"50后""60后""70后"一样,是从《棋王》开始的。大概在初中低年级,从上高中的邻家大哥哥的语文课本上读来。那时候可以看到的书很少,尤其是小说,看完了《棋王》,我一个人在院子里坐了很久,心里有一种被抽空了的感觉。月明星稀,尘埃落定的清澈与空虚。那时候我还不曾想到将来也会写上两笔,当时我想的是,这个叫阿城的作者,该是何等清奇。

尤其是后来,我一度读了很多东北作家阿成冒着热乎乎生活气息的小说之后,我不是臧否阿城与阿成,只是谈自己的感受与喜好,我觉得这个原名叫钟阿城的写《棋王》的阿城更令我敬仰。虽然沈从文说过,文章要贴着人写。其实也不能贴得太近,容易掉进去,身段难看不说,一览无余的尴尬,境界也低迷。当然我们都不赞成离得太远,太远不仅不真实,居高临下,面目可憎得很。阿城进退有据,这进退有据是因为心中有日月星辰,也有置身其中的悲悯,他悲的是生民,这生民里也有自己。他眼界开阔,博识得很,却又心平气和,再紧迫的情绪,到了他这里也能从容且不失隐隐气度。这两者之间是很难达成和谐的,但是于阿城,仿若天成,自然得很。格调立刻就上去了。

汪曾祺说沈从文一件轶事。沈从文看到他烧的茨菰,说,这个好,格调比土豆高。阿城这里,无论文字还是情绪,总是有一种格调。

我读阿城的文字,多次读的是《威尼斯日记》《闲话先说》,精致的小开本。最喜欢的却是他的旧作《遍地风流》,大概是因为读得最早,也是因为这个是阿城贴着日子写的,生活气息远远浓于他后来的作品。写这个才刚想起来,我在我的《回味:低头思故乡》里有一辑名字顺手拈来就叫《遍地乡愁》,原来是从这里抄袭过去的。《遍地风流》是阿城三四十年前在乡下下放的时候写的文字,也是闲闲地铺成,说少年老成都不足以形容,比如他说他:"在云南一待就是十年,北京来的朋友们陆续回去北京,我因为父亲的问题,连个昆明艺校都考不进去,大学恢复高考,亦不动心,闲时写写画画。"看多了伤痕文学,连标点符号都苦大仇深,被这样心气平和的文字惊艳到了。

不过到底年轻，青春的气息跟石头下的草一样还是要从文字里冒几缕出来，就像阿城在《遍地风流》再版的时候说的："青春难写，还在于写者要成熟到能感觉感觉。理会到感觉，写出来的不是感觉，而是理会。感觉到感觉，写出来才会感觉。这个意思不玄，只是难理会。"青春里总有一些现在看着脸红的东西，就是这一些现在看着脸红的东西，让阿城有可亲近的来处。

后来阿城的文字不再有脸红的部分，他写《威尼斯日记》《常识与通识》《闲话闲说》，以及给书作序，谈《诗经》《贞观之治》，还有很多其他访谈，都将自己的切肤之感隐藏得很深，这是一种矜持和体面。这些文字我受益匪浅，也获得阅读愉悦。

阿城写过一篇随笔，是在美国买旧书的旧事，叫《轻易绕不过去》，阅读这个领域，阿城也是轻易不应该绕过去的。其实他成集的书也实在是有限。跟那些连篇累牍出书，搞得跟娱乐界明星炒热度的知识分子不太一样，阿城比较恒温。相比前些年热得烫手的余秋雨、王朔，以及如今出镜频率比较高的陈丹青，阿城的低调和适度，还是让人舒服的，更契合我对一个知识分子精英所保持的敬意。

　　前几日在家听闺女背书，是苏轼的《记承天寺夜游》，苏东坡看到月色如许，夜不能寐，到承天寺去找朋友看月亮。苏轼说："何夜无月？何处无松柏？但少闲人如吾两人者耳。"阿城这个人，能在下放乡村的艰难苦恨里看月亮，也能在软尘十丈里看月亮，这是做人的气度；阿城的文字，博大精深，却又不强人所难，这是做文章的气度。这些都是对于自控力的自信而来的魅力。阿城现在多做文化项目策划，我看他的照片，不太修边幅，神情也简单，闲字也合适。远远地读一个人的文字，远远地一些感觉而已，所以我说的也是闲话。

临行密密缝

　　我读王安忆很早，不唯早，读的也是王安忆比较早期的作品。她曾经在安徽五河下放过，小说中的很多细节我觉得熟悉，比如称呼孩子为"侠子"。我家乡离五河不远，乡下女人也是整日里扯着嗓门喊"侠子"。

　　这一段生活折射在王安忆小说创作中，是她二十世纪八十年代写下的众多知青小说，像《小鲍庄》《平原上》，我还清晰记得一篇，两个下放知青偷吃禁果怀孕，在那个严苛的时代，想尽一切办法到城里堕胎，终于做了手术，我也为他们松了口气。两人打算在小旅馆休息一下再逛街，难得请到假出来。女知青大出血，原来怀了双胞胎，医生只做掉一个。男知青抱着女知青惊叫着往医院跑去。王安忆在小说的结尾写：青石板路上，青春的精血触目惊心。这是最不起眼的一篇吧？推测是她当年听闻的一个知青故事，却是我青春岁月里一次惊悚的启蒙。

下放两年后王安忆考入徐州文工团,这是她文工团题材小说的生活源头。印象最深刻的是《小城之恋》,写两个在文工团里扭曲畸形的男女,经过情欲狂暴的洗涤,实现了人生的净化。六年后王安忆回到上海,然后我继续看到王安忆写上海里弄人家生活的小说。相对而言,王安忆一直贴着生活创作,置身其中,也可以冷冷旁观,静静思索。写保姆的《富萍》,邻里生活的《李同志与好婆》,当然还有很惊艳的民国三小姐王琦瑶,要是举例子那就太多了,王安忆实在是多产。我在工作之后参加业余大学,毕业论文为《现当代小说的散文化创作》,主要分析废名、沈从文、汪曾祺和王安忆的散文化小说创作。那个阶段读了很多王安忆的作品,以至于我现在一提起就有种吃饱了的感觉。王安忆小说中繁复的描写,满溢的思绪,不厌其烦和事无巨细,实在需要时间沉淀。至少我是这样,我不是个对密集文字消化能力很好的人。

王安忆特别能写。陈村调侃说王安忆一条棉毛裤能够写七千字。这亦是一种能力,丰富的语言组织能力,文字驾驭能力,也是化腐朽为神奇的能力。我看《长恨歌》里汪洋恣肆地解读着弄堂人家的人情，精于算计的男女，就想起另一位已经过世的上海作家李肇正小说中的动作描写，一路起承转合，既琐碎却又行云流水，你不知道他怎么这么能说，说得有章有法。你跟着一路看下去，丢不开手，看完了却又笑。王安忆不似李肇正一板一眼，她娓娓道来，细腻生动，却又不是插科打诨荤段子，她说得合情合理。但是如果有耐心读下去，于津津有味之余，忽然感觉，这些绵密体贴练达的心路，其实不是故作聪明，也不是洞悉世事，它们是被生活重重碾压后流出的汁液，看似轻快地流淌着沉重、坚忍，几乎接近先知先觉，但究其根本，还是关注着人的本质存在状态。我总会想到"临行密密缝"这样情绪看似不相干的诗，她文字的针脚特别密，她的敏锐、实在、深刻，还有殷切、体恤都要匝进去，说来话长，却又一一道来。她那么严肃地说了又说，让人不敢轻亵。

王安忆对于细节有着很强的观察力和把握能力。一个偶然细微的动作，一段平淡无奇的日常，她可以赋予它们生命力，让它们不停生长，枝枝蔓蔓无休无止，像一根葱白长成生命之树。这种细节的一而再放大，日常的一而再描摹，几乎到了见缝插针的地步。我这样说是曾经被这些淹没过。《长

临行密密缝

四三

恨歌》引起轰动的时候，报纸编辑要一个缩写，几十万的故事压成一千五百字，一夜的时间，我在灯下哗哗翻书，创世纪的大水漫溢过来，我需要把这湿润的细节和细碎的日常拧干，干得只剩下几根筋骨。那几根筋骨真的不好看，却也体会到王安忆螺蛳壳里做道场的真功夫。尤其饱含着人间的冷暖，世道寒暑。王安忆的细节与日常，伸展出另一种可能的空间。

王安忆小说风格也多样化。知青文学，女性主义文学，都市文学，都有数量和质量可观的作品。我从最初读她的青少年时光，到如今人到中年，王安忆还在写，不断有小说问世。陈村和王安忆很熟，他说记者采访喜欢问王安忆你最近在做什么，"你不用去猜，她肯定在写小说。没有宣言，没有旗帜，没有花絮，在长长的岁月中，她总是有作品，总是有新的好的东西。对她，你可以期待。"再没有比陈村总结的这几点更符合我们对一个作家的期待了。用作品说话，这是一个作家最响亮的宣言和最高昂的旗帜。也许她的作品还缺点什么，距离宏大的叙事，王安忆差了一步，距离深刻的智慧，王安忆差了一步，距离磅礴的才华，王安忆也差了一步。但是她一直在行走的路上，她一直心无旁骛地耕耘，何况，我们感觉的这差一步，其实是对于一个信任的作家寄予了更高的希望。世上还是有一些不花哨，认认真真写作的作家。

王安忆说，聪明的作家一个字可以点到穴位上，我不是聪明的作家，我没有那种飞扬性，我还是按部就班的，每一个合理性我都要考虑。文学创作需要聪明人，需要有才华的人，但是更需要实实在在矻矻以求的人。以严肃的创作态度和独立的精神世界、坚定的心理空间，在并不能够坚守的时代，一意坚守。否则，那些创作难免沦为浮光掠影的空穴来风，沽名钓誉的故弄玄虚。王安忆是值得尊敬的，她比很多作家更像一个作家。

幽暗密林的独自狂欢

参加一个文学沙龙，交流各自的创作，我说我写作没有野心，因为见识了漂亮的文字，见过有才华的人，所谓的江湖闯老胆子闯小。真心话。其实早在十几年前，我就已经敏感到了，只是那个时候还不太清晰，也不肯认命。

一切早就初露端倪。比如我不喜欢诸如意识流先锋派，不喜欢是因为看不下去，是因为见识、智识、知识上的局限性。作为一个写字的人，我没有天赋，再也没有比这种清醒的自知更令人沮丧的了。

我的阅读最旺盛时期是二十世纪九十年代，当时先锋派横扫文坛。早在二十世纪八十年代后期，当代文学迎来了挣脱束缚充满叛逆与自我的"个人化"时期，先锋小说对小说创作实现了一次成功的革新，这种成功直到现在都没有被复制。其中作为女性代表的林白是不可忽视的。《猫的激情年代》

《子弹穿过苹果》《一个人的战争》等强烈"自叙传"特色的小说，以个人的人生经历、身体为蓝本，写出真实体验的女性的私生活，在当时文学氛围下其私人化令人瞠目。其中最为突出的《一个人的战争》，通过大胆展露自我世界和内心经验，将欲望、身体、自我等诸多话语交织在一起，通过表现女人对性的另一种不为人知更不能为人所道的隐秘经验，完成了一部微妙而复杂的女性生理与女性个人的成长史。这样的创作不仅与长期以来宏大的集体叙事背道而驰，它引起的关注轰动以及风靡也将文学的姿态、话语导向另一种极其狭小当时国内读者鲜见的区间。

这种艺术上卓越的勇气，奇妙的女性语言生成方式，我想与天赋有关。出生于偏远的广西某个县城的林白，幼年失怙，经历过饥馑、失学、下放、上大学、工作、背包只身漫游，不知道这些经历有多少成为她心灵中的极端感受，影响着她一生的轨迹，并且转化为叛逆的热忱和创造的渴望。林白沉浸在自己的感觉中，她的感官仿佛蕴含着巨大的文字能量和情绪力量，炽热得像烙铁又寒冷得像冰山，让所有的走近不是被灼痛就是被冻伤。

尾随着林白的叙述：被追逐、逃、无路可逃，

"被人抓住,把衣服撕开,被人施以暴力,被人鞭打,巨大的黑影沉重地压在身上,肉体的疼痛和疼痛的快感。在疼痛中坠入深渊,在深渊中飞翔与下坠"。《一个人的战争》中的多米"最喜欢镜子,来看隐秘的地方"。林白的小说充满了诗意的隐喻,这些隐喻又大多指向性,引向自我的不便直说的心理体验。那些流淌的意识流,那些流淌的欲望,那些生生不息而又暗无天日的焦虑、阴郁,心事重重,像在阴暗潮湿的密林深处疯狂生长着的苔藓,在不为人知的地方雀跃着欢喜、隐秘着疯狂,是的,疯狂,有所克制的词在这里显得虚伪,就是疯狂。如果说在二十世纪八十年代末之前,文学创作几乎都是面向社会面向外面世界的话,林白引领了一种转身向内的疯狂,将自己封闭起来,探索自身,挖掘自己,抽丝剥茧地向更深的地方推进。她是如此迷恋如此欢喜又如此忧伤,于我的阅读却是一种考验,考验我的耐心和追随能力,我不断地脱线,更难以感同。也许是我在成长过程中更多地有意无意地忽视了对内心世界探求,我以为林白在最初的成长阶段是有着大片的空白,空白到需要不断直视自己才能填满。而作为另一个小镇女孩的我,即使心灵中曾经有过纤细的神经敏感的触觉,也被生活打磨得粗糙笨重。在人生的最初阶段，我们就错过了一种更为自我的凝望。与林白的极端自恋相比，我们并不爱自己，至少不够爱。

这无关对错，只是对于更丰富的人生体验来说，有一些遗憾。那个最为真实的自己，被我们丢掉了，并且再也找不到了。

那时曾经看过一张林白的照片，红衣长发、深目高鼻，也许这张照片的印象太深刻，我一直以为林白是个高大的漂亮女人，和成都的翟永明一样，带着些许异域格调，但是美艳风情，也才与她那些充满个性自我迷恋的文字相称。但是在网上搜了一下，发现林白很瘦小。当年是一种错觉，还是对作家充满神秘色彩的臆想？我还以为林白是个内心强大到不需要依靠任何外力，否则她何来如此特立独行的文字？更为真实的人生是，林白不喜欢与人交往，她说她害怕，她跟人说话、谈话、喝酒、聊天都是很为难的事情，因为与人交往，"又不是写小说，所有的语言、梦想、感觉、回忆，一点都不能派上用场"。我想起张爱玲也说过自己更乐意于无人处独享生命的喜悦，尤其晚年，她全然与世隔绝，只是生活在现世的林白无法像张爱玲一样与世隔绝也可以无所顾虑地生活。一个在文字里强悍的人，在现实面前拘谨窘迫，而又不得面对现世，这一定让她非常痛苦，也让文学显得如此卑微。

一个无所依靠的人，最终的依靠还是自身生命力的强韧。"靠着文学就温暖了，靠着文学就有亮光了。文学使我慢慢地消除恐惧，使我不以自己的恐惧为耻。而我注视自己的恐惧，把它写出来，就成为我这个人的文学。"到二十一世纪，写《妇女闲聊录》的林白，脱离了标志性的"个人写作"，用当下时髦的词来说是转型。还是在讲故事，只是讲故事的形态和心态发生了巨大的变化。她不再沉醉于细细描摹每一个毛孔的感触，而是从一个乡村妇女的闲聊中传达隐藏在主流话语背后的真实生活。放低身段，放开心胸，并且将自己深深地隐藏起来，这是另一个林白。我仿佛看到一个压抑封闭眼神警惕的人松弛了，舒展了。不再只有那些自顾自的自白，不再只是无人处独享的欢愉与痛楚，一个人从自己的内心深处走出来，听到自言自语之外的其他声音，自己的喜悦悲伤之外其他的感觉。不知道这对于一个个人化写作的作家来说是不是好事，但是对于一个人来说却是好的。因为她为自己的生命疏通了其他出口，不再是所有的路径都向内汇集。也许自闭更有益于她的创作，于人生而言，却是不堪的重负。

我以为的文学，是探索社会，抑或是发现自己。林白的转身，是文学意义上的，也是个体意义上的。当我们把目光从自身投向外面，获得的将是更为开阔的人生。

林白的创作不紧不慢，从未中断，这是一种坚持，也是一种从容，近年她还有一部获得过"老舍文学奖"的小说《北去来辞》，据介绍是"讲述了两代不同知识层次的女性由南方到北京的坎坷经历与精神成长，并围绕她们，描摹了社会变革大潮冲击下各色人物的悲欢浮沉，展示出中国半个多世纪的社会变迁，也记录了一个时代"，浮夸的介绍很容易误导读者。倒是林白自己说"我觉得自己不算成熟的小说家，不会遵循通常的小说章法写作。但我会用一种力量把通篇笼罩住，事实上我认为《北去来辞》是笼罩住了。我充沛地表达了自己在这个时代的百感交集"更让人有信心。三十多年写作的林白还继续写，并且写得很自信，这一点就足够了。

致我们心中永远的少女

少女时代，我家有个熟识的叔叔在邮电局工作，他家里订阅了大量的《儿童文学》《少年文艺》。顺带说一句，他的二儿子和我一直是同班同学，学习非常好，我们去他家成垛地借《儿童文学》《少年文艺》，他们家把读过书的五本一垛装订起来。那个男孩子在家里做附加题，那时候，数学课本每一章节后面都有难度很大的附加题。看到我，他爸爸想当然地拿过纸笔，要我解题给他儿子看。我看天书一样看着附加题，真是囧。

最初读陈丹燕就是在《儿童文学》上，她的文字风格和其他女作家，包括后来写《乱世佳人》的黄蓓佳都不一样，耽美、文艺，草叶上露水的晶莹和蓓蕾初绽的清新，对于我这样一个在粗糙生活里敏感存在的人，陈丹燕契合了我内心深处的诗意与窘迫，陈丹燕笔下的少女，总是这样敏感地纠结着。"不在年轻的时候临摹成熟，也不在成熟之时假装年轻。"这是陈丹燕自己说的。柔和的阳光质地、青葱的青草颜色，还有少女时代痱子粉和花露水的气息，健康的美好又是小心翼翼的。我抱着书，从小镇油光水滑的青石板上走过，爬山虎将路边幽深的巷子遮蔽得密不透风，巷子口青石垒成的垃圾堆，穿着补丁褂子的女人倒完垃圾，将粪箕在青石上使劲磕，声音刺耳……我是不是有点陈丹燕的腔调？我已经不太记得陈丹燕早年的腔调，可是我清楚记得她笔下女孩子的纤细、敏感，这是不一样的。这种不一样令人自卑。

工作之后，我读陈丹燕比较多的是《上海文学》《海上文坛》，海派文化的集萃地。做读书版编辑的时候，每一期要用一本书的封面做刊头，最喜欢陈丹燕的《独自狂舞》，白色封面上，一个简笔的绿衣蓝裙少女的背影，优雅简洁，这是我到现在都喜欢的风格。《独自狂舞》是陈丹燕爱情三部曲之一。这三部曲我都买了，读了，以那时候我已然经历了生活的磨砺心情去读，还是很沉溺。有点羞于承认，就像陪闺女去看《致青春：原来你还在这里》，很粗糙的片子，可是很长时间我都试图从中找到某些不谋而合的情绪。我的心中，一直住着一个少女，她被生活囚禁在内心深处，没有机会走出去，却也没有机会长大，她和陈丹燕笔下的那些女孩子一样，脸色苍白，内心骄傲，古典地苦闷着。

这样的人，一定不会只有我。

走偶像路子的演员，迟早要转向实力派。写青春题材的作家也是这样，过了某个阶段，皱褶的脸上青春的绯红消退。如果一定要强作红颜，不是晒伤的高原红，只好涂脂抹粉。陈丹燕从校园文学的创作发展到青春题材，还是一种在路上。到二十世纪末随着《上海的风花雪月》《上海的金枝玉叶》《上海的红颜遗事》问世，她成为一位海派文化的记录者。很多人不记得《我心狂野》中的女主人公简宁，但是一定记得那个真实存在过的郭家大小姐碧西，一个上海金枝玉叶曲折坚韧的人生。也许青春本身就是不接地气的，陈丹燕的青春故事放大了细枝末节的感官。到这里，感觉成为柔软湿润的部分，陈丹燕的文字有了干燥的甚至呛人的烟火气息。已经贴近了，贴得很近了，陈丹燕和她笔下的生活仍然保持着一定的距离，她的温婉和雅致，过滤了生活里最不堪最惨痛的部分，即使是《上海的红颜遗事》里，上官云珠的女儿姚姚，在特殊年代里惨烈的一页，这是一种局限，也是一种能力和坚持。这让陈丹燕的文字缺乏深度，但是有温度。我喜欢这避而不谈的温度。

陈丹燕的独特之处还在于，她从来不讲大道理，似乎没有道理可讲，又似乎她不晓得那些道理，只是跟着主观感觉去走。"上海书写"是陈丹燕创作中一个丰富的存在，也是陈丹燕文学创作中最为深刻的部分。上海这座城市契合了陈丹燕浓厚的怀旧情感，陈丹燕也赋予了她笔下上海温婉与坚韧的特质，这是一个感受力敏锐的女性解读的上海，也是一种女性解读的上海文化。我想在相当长的时间内，上海的文化符号无法被改写。

陈丹燕所呈现出的生活与格调和她的文字一样，是优雅的，这种优雅在她长达十几二十年的旅行状态中一如既往。陈丹燕近些年的作品有相当部分是游记，她通过行走实现了一种风格的转变，又保持了一种不变的内在。"有的时候我觉得，我会想旅行慢慢是这样子：一开始是一条线，然后过了几年之后会慢慢变成一个圆。之后看得更加细一点，不会像年轻时候，非常饥渴，经常走长途的路，到晚上洗澡的时候，发现两条腿之间很疼，原来是牛仔裤有折缝，把我腿磨破了。现在就会更细，如果有享受，我想我也会去享受一下，很好。"优雅与情调已然蚀骨，有的人可以这样梦想，有的人却可以这样生活。

我读到的陈丹燕最新作品是阅历三部曲中的一本《蝴蝶已飞》，一些关乎外滩、历史、旧事、旧情感，还有生活琐屑的随笔。稀稀落落的文字，读下来轻松妥帖。我想起她很多年前在某一部青春小说里写过，女孩子在生长发育的阶段是青涩的，难看的，有一种渴望挣脱却被束缚住的丑陋。时隔多年，艰涩的青春萎谢一地，我们都驶入平稳从容的心境。迟暮的美人异常敏感，迟暮的女作家也容易极端，而文字和状态从来不曾狰狞过的陈丹燕，比起其他渐渐老去的女作家无疑要好看。这是没有办法的事情，有的人，一出道仿佛就历经沧桑。有的人即使历经沧桑，也在内心深处深藏着一个隔了八床棉垫子依然会被一粒豌豆硌得浑身青紫的少女。现在大家很喜欢形容那些精致一些风雅一些的女性为"小资"，在小资成为流行词之前，我所以为的小资就是陈丹燕。我看《美食、祈祷和恋爱》的时候，看着那个人到中年衣食无忧却抛开一切纠结寻找自己的女主人公，我的第一感觉就是陈丹燕的路子啊。据说很早很早，咖啡馆在上海也不普遍的时候，陈丹燕就喜欢去一家英国人开的咖啡馆，找一个僻静的角落，叫上一杯咖啡，几块点心，静静地读书。陈丹燕的小资，是全身心地融入与热爱。比如她用一支绿色蘸水笔写《八十年代的回忆》，去都柏林读《尤利西斯》，去塞尔维亚读《哈扎尔辞典》。你会笑的，我也会，觉得有点儿矫情，可是你也得承认这种充满了仪式感的造作里面，有一种庄严。我喜欢这种庄严，它让我们的生命显得不那么潦草。

从儿童文学翻译者到电台主持人，从青春题材作家到知名文化作家，陈丹燕的一路走来，一切都与理想那么吻合，连她自己也承认她的人生一马平川地舒坦。再也没有比人到中年时，发现自己的生命轨迹是按照自己的心愿一路走来更令人安慰的了。至少像陈丹燕这样海派的优雅的女子而言，穷凶极恶的情感和写作都是不体面的。陈丹燕说，在平静的生活中，许多人都无法真正看到命运的痕迹，一生已经倏然而过。那样的人生，像一只没有打开过的核桃，你不知道桃仁是怎样的。我想陈丹燕的核桃仁里，住着一个穿棉布长裙的敏感苍白纤细的美少女，她长长的睫毛上挂着露珠一样的泪珠。

这要命的热情

朋友圈里看到野骆驼老师晒毛尖的签名赠书《凛冬将至》，立刻去当当下了单。豆瓣有个毛尖的组，粉丝会将她发表的影评贴进来，这个集子里的作品基本都看过。现在攒到一起，就像耐心剥了一把石榴米全部塞进嘴里，饕餮的感觉。

这是一本近二十年来如《庆余年》《长安十二时辰》《琅琊榜》《甄嬛传》《都挺好》《24小时》《唐顿庄园》《神探夏洛克》《国土安全》《纸牌屋》等电视剧的观影随笔集。当然不单纯是剧情、导演、演员的分析解读，搞成一个专业性的学术论文就不好玩了，任何时代的文化产品都直接反映出该时代的世界观、人生观、价值观。尤其是对具有大众性的电视剧而言，可以直接为一个时代的情感记忆背书。

推介词是这样的："这部带有历史轮廓的笔记，记述的正是二十年来中国普通人的烟火人生和精神脉动。"这话找不出毛病,我总有点儿抓挠不着。我之喜欢毛尖,大概还在于她解读得别具匠心、文字的妙语连珠,她对屏幕几十年如一日的热情,说真的,有些烂片子,不要说看,听都听不下去,生理性的忍无可忍。毛尖估计有很多是拉着进度条看的,电视剧,尤其是国产剧有这门好,拉着进度条也能看明白。就跟汪曾祺形容当年云南火车速度慢,车上看到菌子,跳下车摘了紧赶几步还能回到火车上。

毛尖通过对带有强烈的他人意识的电视剧的观感,表达出自己的情怀,我很有带入感,这种带入感,让我从她因戏谑而略显油滑的文字里,读到了被打湿的翅膀的翕动,在云层中明灭着的星空,以及暗夜里绽放的妖娆。毛尖说:"我要用我全部的力气,写出这个不堪世界的勇气和笑声。"被失望一再暴击、一再心碎,缝补之后依然要再爱一次的热情。

这要命的热情。可笑可悲,却也可敬。

书名"凛冬将至"出自毛尖钟爱的热门美剧《权力的游戏》。观剧二十年,毛尖最爱《24小时》和《权力的游戏》,我没有看《24小时》,九年八季,我已不复有这样的勇气。《权力的游戏》也是全剧终后恶补,它的莎士比亚感特别打动我。毛尖写过多篇评论,个人推荐《生而为人的豪华感》:"每次,听到《权力的游戏》主题曲,我就有一种活在文艺复兴时代的错觉。"带入和感动,其实都是一种错觉,但是很多时候,我们需要从错觉中获得勇气。其宏阔的历史构架,不断被颠仆的历史观,血肉横飞的历史空间,命运的无情才是历史的真实。这不是错觉,以为我们可以对它置喙,才是错觉。

不过终季有点烂尾,毛尖写《烂尾的"权游",烂尾的人生》,作为持续数年热情的旁观者,当然可以期待一个更为惨烈亮丽的收梢。然而,编剧和历史,包括我们的人生,都有后续乏力的时候,毛尖以《至死方休》为《权力的游戏》终季定论:"八年,我们也背熟了守夜人的誓言:长夜将至,我从今开始守望,至死方休。"凛冬将至,至死方休。这八个字是《权力的游戏》的巅峰与永恒,这曲充满了乐观主义、悲观主义以及浪漫主义的挽歌,至少,我是被感动了。不好意思,我特别容易被这些虚构的英雄主义搞得唏嘘不已。

推荐一篇毛尖的随笔《爱比死更冷,但瘟疫才是大 BOSS》,应该没有来得及收进集子里。毛老师在中外文学著作里纵横捭阖,万花丛中过片叶不沾身,却又处处留情。我觉得,这是一种新境界。

千江水月

千江有水千江月，万里无云万里天。意为江不分大小，有水就有月亮；天空只要没有云，万里长空都是青天。这是宋朝一个和尚的偈语，有遥远而又执着的高远寥廓感。

读萧丽红的《千江有水千江月》，于我对于港台文学的阅读，是高阳、梁羽生、古龙、金庸纵横的剑气之外一种截然的阅读，她与钟晓阳的《停车暂借问》、黄碧云的《她是女子，我也是女子》、施叔青的《窑变》、朱天文的《世纪末的华丽》、李昂的《杀夫》等一起，成了我对港台文学具有地标性的印象。只是相较于台港女作家的或凌厉、或怪僻、或清醒、或沉沦，原来，青春的情窦亦可以这样洁净，这样端庄，这样雅致。

一个叫贞观的布袋小镇殷实人家失怙的女孩，一个叫大信的留学英伦的城市男孩，本身没有交集，因为各种亲眷他们兜兜转转到一起，并且暗生情愫。两人鸿雁传书，诗词往来，在精神世界上简直是现代版的贾宝玉和林黛玉。《千江》安排得好就在这里，爱情虽然是主线，不过是穿针引线，小说更多的笔触深入到乡土生活，四季耕作、三餐茶饭、左邻右舍、青山绿水，日常与人伦。这也是小说中最为人沉迷的部分，就像《红楼梦》中刘姥姥进大观园章节，虽然粗俗，却是生命力最为刚健的部分。端午去收午时水，新娘子铰布做馨香，从前的人按礼行事，认认真真地遵循，踏踏实实地欢喜。大妗守活寡三十年，却礼待照顾落难丈夫的女子，并且遵循当年佛前的许愿，长斋成全他们。就像木心先生所说，从前慢，一生只够爱一个人。凡事皆存求善之念，若真求不得，并不强求，也安之若素。

当年读《千江有水千江月》，总觉得这部小说有点儿前紧后松。大信与贞观因为一点误会导致劳燕分飞，何至于此？其中仿佛作者有不可说不能说的苦衷。大信会不会回来找贞观？而贞观回到故乡疗治心伤，终于悟得贪嗔痴之三毒，念缘分之珍重，依旧感恩三生有幸的一次相遇相知。"所有大信给过的痛苦贞观都将在这离寺下山的月夜路上，将它还天、还地、还诸神。"那时候我尚年轻，并没有勘破人事，只是觉得一味地这样坐等，凡事只自我消化，太过消极。即使笃信"人间相遇唯有理"，恪守"女有贞、男有信"，毕竟贞观不是当年碧溪岨的翠翠，茫然无措地等待那个叫傩送的男子。贞观的无奈理由不够充分，她首先是心理的上放弃。为什么这样莫名放弃？做人，固然不能杀伐痛快，但是也不可以旷达如此，几近无情，也无趣。

　　我们知道大信不会回来的。误会可以消解，如果愿意消解，以贞观和大信这样美好的男女而言，但是不可抗逆的是命运的手掌。贞观的具有古中国之美的布袋乡土风俗已经渐渐不存，贞观这样一个具有古中国之美的女子，也已渐渐不再。现代社会，哪里容得下需要细细体味方才感知到的古典与含蓄？七夕的汤圆摁一个给织女装眼泪的凹坑，端午包馨香的槐根末，取一点蟾蜍肝叶疗毒还要给蟾蜍缝合伤口放生……这一份良善与深情，固然令人感动，却也明白它们的脆弱。席卷而来的时代，贞观所感喟的城市人群"贫的不知安分，富的不知守身"仅仅是开始，是毫末。世上没有桃花源，需要的不仅仅是一点时间与路程而已。幸好，对于固守乡土人伦的贞观来说，那个世界是她厌弃的，求不得是苦，但是贞观愿意以乡愿去麻醉自己，获得解脱。虽然有一个她爱的人远远在着,到底隔了千江万里,不再有切肤的疼痛。而大信,这个原本就是城市土壤中成长起来的年轻人,他的古典情怀比贞观植根更为肤浅,所以这样两个年轻人,分离固然可惜,亦会各自安好,不会更好,也不会不好。

不好的是布袋乡下的古风,是乡土中国渐渐倾圮的纲常。是天道远,人道更远,非人力所能及。

从朱天文记叙当年与萧丽红一段交往的文字里,也可以看出《千江有水千江月》中有很多自传的成分。我真是喜欢小说中自传的成分,真实、新鲜,永远比虚构来得打动人心。萧丽红写《千江有水千江月》的时候,只有三十岁。之前她还有一部小说《桂花巷》,后来改编成电影,由陆小芬主演。她对中国传统文化的膜拜,对故乡风俗的念念不忘,悉数融进了小说中。据说她和朱家姐妹一样师从胡兰成,我更多的是看到《红楼梦》的影子,更乡土更接地气。

一个人在年轻的时候,应该读一些像《千江有水千江月》这样的作品,其中情意之美、风俗之美、乡土之美、古中国之美都是一种沉静的滋养。固然不得不承认《千江》难免狭隘,对于传统的全盘接受,对于乡土的一味沉醉,对于现代的全盘否定,到底是温柔敦厚的善意。小儿女的情态,乡村生活的朴实,有一点入世的琐碎,有点出世的顿悟,人心需要一些纯净、谦恭,一粥一饭的温情,举手投足的深意,有没有是一回事,信不信是另一回事。

但是真要读出其中的好来,却也要有了一些沉淀的中年,看儿女情态会多了些宽容,少了些不耐烦,看乡村生活的朴实,多了些回味,少了些逃离。

是的,我们都明白我们是无家园可回归的游人,是无处安放深情的荡子,还是宁肯相信曾经这样一份古典的情怀是有的,虽然黯淡斑驳成了鱼鳞瓦上的烟雨,马头墙边的水迹,世上的美好到底是有过,虽然不曾遇到,也就没有辜负。因为没有辜负,所以心中没有愧疚,而是坦荡到满溢的旧情怀。我想这也是台港文学中难能可贵的一脉存留。

作家不能总是写自己,作家终归还是在写自己

电影版的《七月与安生》不是真正意义上的安妮宝贝的作品,虽然比起前段时间的几部青春片简直有云泥之别。安妮宝贝的青春故事显然不会那么伧俗。

现在回想当年读安妮宝贝的时期,真是一段乱花迷眼的记忆。那时候互联网还没有像现在这样席卷所有人的眼球,它刚刚崭露头角,纸质读物还有高人一等的优渥感。二十世纪七十年代出生的女作家们仿若一夜之间纷纷崭露头角,棉棉、周洁茹、魏微……青春气息扑面而来,力道之猛击打得读者连连后退。安妮宝贝和她们不一样,安妮宝贝是呛人的荷尔蒙里的一股清流。她的文字辨识度很高,冷僻的词,古怪的搭配,以及文字诗意、清冷,情感的流离、自我,以及组版的大片空白,过于浓艳的妆容和过于浓烈的情欲既拿不上桌面,又是令人尴尬的,所以穿着白棉布裙子、光脚套球鞋的

女孩子虽然文艺，却令人印象深刻。

《告别薇安》《七月与安生》《彼岸花》，从网络写作开始的安妮宝贝很快成名。这个时期的文字，多是青春流动的感性。颠沛流离的人生本该是客观所迫，在安妮宝贝这里却是被内心深处的力量所驱使的主观选择，万人如海中孑然一身的喧嚣和孤独，她和她笔下的女子几乎贪嗜这种感觉。漂泊的命运，不肯停驻的心；孤独的伤口，不断撕裂，不断愈合；纯粹的忧伤、颓废，没来由的厌世；随便的做爱，仓促的离弃，自恋与自怜……近乎残忍，近乎自虐地释放。不知道为什么要这样折磨自己，不知道为什么这样内心火热手脚冰凉，可是这就是青春啊。假如涤除了安妮宝贝早期文字中情感的造作和表达方式的矫情，这也是真实的青春的激流，甚至矫情和造作，也是青春的一种方式。

安妮宝贝以内敛的文字张扬着爆裂的青春情感，可是看上去一切多么平静，多么不动声色，她的内心却在波涛汹涌。像新陈代谢过高的人，外表纤瘦、敏感，你无论如何也不相信那样单薄的身体里，能够高浓度地燃烧。

近乎二十年的写作，安妮宝贝获得了很大的成功，这一点从她作品的销售量，数届入围中国作家富豪榜，还有庞大的读者群可以佐证。任何成功都是毁誉参半的。安妮宝贝作品最为争议的是脱离现实，只是我们所一直强调的现实是什么？是大众的现实，还是大众之中某个个体的现实？每个人都是有局限的，无论是喜欢绣花亚麻裙子，和人间烟火总是隔了一层的安妮宝贝，还是与生活紧密接触，直击现实深刻、理性的作家，局限是每个为文者心灵的深度和眼界的广度所决定，也是每个为文者贴上个性标签的根据所在，更是每个为文者成长的空间。一个没有局限的作家是不存在的，一个有局限的作家也是不可怕的，最重要的是她是否在成长。

　　时间和作品证明，一个有所追求的作家一定会成长。《素年锦时》之后的安妮宝贝，笔底渐渐不同，到《春宴》《眠空》，再到写出《得未曾有》改名叫庆山的这个女子，已经走出了青春岁月的顾影自怜与自暴自弃，日渐平和清静。那些砍向我们内心冰封大海的斧头，在岁月里渐渐融化。虽然她还是和生活保持着一段距离，也许是比青春时期更为辽远的距离。不变的是安妮宝贝也好，庆山也好，她关注的还是内心，单纯地剥离了外面世界的内心。人不能总是写自己，但是人最终写的还是自己。

我以为文字最重要的在于是否具有直指人心的力量。无论是关注自我的私人写作还是将视线投向外面的公共写作都是有感而发，如果有人被感动，那么就有意义。即使它不是厚重的壁毯，不是柔滑的丝绸，你也得承认，绣花的亚麻布也好，白棉布也好，它们是美好的，所有美好的东西，都是有价值的。

有时候我在想，我这样一个粗糙的中年女子，在庸常岁月里砥砺行走，从来不曾任性而为，从来不曾释放过内心的魔鬼，从来不曾酩酊一醉，会被安妮宝贝的某个句子感动，心钝钝地痛，是不是该觉得羞耻？不是因为还残存的软弱，而是迟迟不肯释怀的记忆。当时间平息了心中的汹涌，愈合了斑驳的创口，留下在暗夜中明亮的疤痕，让我们会记起，青春的疼痛，隐隐的快感。看着当年决绝的安妮宝贝，成了今天清淡的庆山，就像看着一个喜欢的演员由青春最终变得沧桑，从她们身上我们看到的是自己被时间与经历洗濯过的洁白与黯然。一匹板正的戳手的老布，在无数次的清洗中终于柔软下来。它一定很疼吧？安妮宝贝不厌其烦地叙述着她们的也是我们的疼痛。

安妮宝贝很讨厌读者将作家的人生与她笔下

的人生做一种重叠的猜想。见过她的人说她是个闷闷的女子，话不多，不明亮。我还记得看过一张她拍的照片，她的孩子在门边的侧影，也许是她的孩子，有花有草，视觉上是个阴天，也不够明亮，这是很典型的安妮宝贝的风格，我还是能够感受到拍这张照片的女子目光中的柔情。安妮宝贝不是七月，不是安生，不是她笔下的女孩子，但是那些女孩子一定会和安妮宝贝一样成长并且柔软起来。

　　魏微、卫慧、棉棉，等等，如同大浪淘沙，在我的记忆里披沙沥金后剩下了这些名字，有的好像已经很久不曾看到真正的文字了。不过安妮宝贝一直在写，不疾不缓，沿着自己的方向前行，并不介意周遭的喧嚣。大概也只有倔强地关注自我的人才会这样以一念之执坚持。这样的人，是勇敢的。

他回到了大地上

秋天走到深处，季节呲出冷白的牙齿，越来越大声地啃啮着时间。大地开始往荒芜延伸，虽然我们身处钢筋混凝土的现代森林中，已经不太容易和草木荣枯面对面，还是无法避免情绪的消沉。这个时候想起一个叫苇岸的人，犹如在冰封雪藏之前把大地犁开，泥土翻起，浪一样迤逦起伏，土地和植物的根茎散发出清淡又新鲜的气息。

生命是一场严苛的苦修

我读苇岸，始于他谢世之后。我曾在一间老旧的办公室里度过一段青春岁月，很多次，我在办公室里读书到半夜。老房子很高，一边山墙上的裂缝在冬天呼啸着钻进北风，沉重的夜从高高的屋顶投下巨大的阴影，台灯的光撑出逼仄的一圈明亮。翻开一本大 16 开的杂志，我现在想不起来是什么杂志，那会儿我订的杂志无外乎《小说月报》《台港文学选刊》《海上文坛》有数的几本。我清晰地记得，封面的内页用大半个版面刊发一张图，大概是田野、土地、庄稼、飞鸟之类，每期不一样，但是每期又是似曾相识，下面是苇岸的三五百字，标题《大地上的事情》，内容也无外乎田野、土地、庄稼、飞鸟。虽然那个时候，苇岸已经被称作天然生态的保护主义者、大地的守夜人，苇岸的作品被誉为具有十九世纪牧歌式的诗意和世界最初的朴实与原质，我并不知道，我在那么偏僻的地方，我对很多作家的认知都是来自有限的阅读本身。那时候我尚年轻，更多依赖感觉来判断文字的高下，于苇岸，我的切肤之感是温和的清洁和干净的冷。橘黄色的台灯光为清冷朦胧出一些暖意，但是即使是在炎热的夏天里，苇岸文字所携带的植物的清寒、土地的静穆，还有四季不动声色的流逝里散发出无可名状的冷意。虽然他写生机勃勃的四时变换，他对生命、自然乃至生活的热情是由衷的，表达出来，都是清冷，像一个走过长长酷寒的旅人，掀起门帘走进来，隔着厚厚的棉衣，他的拥抱带着寒气，拥抱越紧这寒意越深。他的隔膜一如他的热爱。

　　这种冷，到多年以后，我一遍又一遍读苇岸新版的《大地上的事情》，感受越发深刻。虽然现在的我比当年心境平和，也比那个时候温度高一些，能够更多地从真诚的文字中获得享受。他说："下雪时，我总想到夏天，因成熟而褪色的榆荚被风从树梢吹散。雪纷纷扬扬，给人间带来某种和谐感，这和谐感正来自纷纭之中。雪也许是更大的一棵树上的果实，被一场世界之外的大风刮落。它们漂泊到大地各处，它们携带的纯洁，不久繁衍成春天动人的花朵。"多么纯粹的目光，多么明净的心境，以文字触摸丰富多彩的自然生活，在一片"世界温和、大道光明、石头善良"里回归到承载万物荣枯的母体上，最后摸到自己的心跳。当万籁俱寂，当心无杂念的时候，原来每个人都可以感受到自己的脉搏。但是对于某些感触的倚重，同时也是对某些感官刺激的忽视甚至弱化乃至遗忘，我的冷感，大概就是源于这个人对于烟火生活的无视吧。

是的，苇岸活得清淡自持。他是个著名的素食主义者，他身体力行着对于自然的热爱与生命的善意，他认同梭罗的话："人必须忠于自己，遵从自己的心灵和良知，为此不惜付出一切代价。生命十分宝贵，不应为了谋生而无意义地浪费掉，人在获得生命所必需的物质之后，不应过多地追求奢侈品，而应有另外一些东西：向生命迈进。"他的人文情怀和艺术宗教感是通过牺牲自我来付诸实践的。到了生命的最后阶段，为了能够恢复一点体力，在医生和亲友的再三劝说下，苇岸进了一点肉食，临终时仍然自责不已，他在遗嘱中记录并追悔说："我觉得这个是我个人在信念上的一种堕落，保命大于信念本身。"他的艺术信仰和生活态度，让他的生命成为一场严苛的苦修。

虽然都是大地上的事情

新版《大地上的事情》收入了苇岸生前出版的《大地上的事情》一书以及未完成的关于二十四节气的文字和图片。苇岸起意以自己的方式写中国的二十四节气，1998 年，他开始在他居住的北京郊区选一个固定点，在每一个节气日的上午九点观察、拍照，记录季节递嬗带来的大自然变化，如昼夜的长短、日影的高低、土壤里的水汽和庄稼长势，等等。他这样描写谷雨："谷雨是春季的最后一个季节，也是一年中最为宜人的几个节气之一。这个时候，打点行装，即将北上的春天已远远看到它的继任者携着热烈与雷电的夏天走来的身影了。为了夏天的到来，另外一个重要变化也在寂静、悄然进行，即绿色正从新浅向深郁过渡。的确，绿色自身是有生命的。这一点也让我想到太阳的光芒，阳光在早晨从橙红到金黄、银白的次第变化，实际即体现了其从童年、少年到成年的自然生命履历。"

虽然所有的事情无一例外是大地上的事情，但是每一刻的发生其实是细微的，难以清楚知觉，需要专注和敏感，而这两点，都具有一种宗教般的深情，止水般的沉静，苇岸还具备一种缓慢酝酿文字的耐心，他落下的每一笔都是从容的、等得起的。

然而并不是这样。从节气上说，谷雨是春天的最后一章，随之而来的夏至才是轰然打开季节的大门，稻穗、麦子、棉花、高粱扑面涌来，土地上最真实的意义有了落笔的地方。但是这本节气之书写完谷雨一节，苇岸病了，肝癌，并且很快去世。后面的 19 个节气，有的做了一点素材的准备，有的一点准备都没有。

盛大喧嚣的夏天来了，会有无数个盛大喧嚣的夏天尾随其后，苇岸在他生命中最为亮丽的第 39 个夏至到来之前结束，留给这个世界一封没有写完的信。其实若我们懂得，他没有说完我们也懂，若是不懂，他说完了，我们也还是不懂。这么多年下来，经历了很多，甚至在我自己也写了一本关于二十四节气的书之后，再读苇岸，有时候我以为我懂了，有时候又全部茫然，我也不知道我有没有懂。

大地上的事情，是农业意义上的，天文意义上的，文化意义上的，对于中国人来说，更是心理意义上无法割断的根。自农耕深处的萌芽，一路旖旎，写下的光阴，编织的民俗，躬耕的日常，以及在每一个节点的行走，行走中的遇到与分离。苇岸这样出生于二十世纪六十年代的作家，离开乡土的书写几乎是不可能的，但是苇岸的姿态是旁观的，旁观大地上的事情，草木、蜂蝶、虫蚁、阳光，也是动态的，捕捉着大地上的跳动、闪烁、荣枯、生死，并且为之沙沙书写。也许因着旁观的疏离和内心的柔和，苇岸的文字是被感触提炼过的诗意，他本身就是个质朴的存在，终其一生的清贫、谨慎，终其一生，将锋利的刀锋指向自己，如果那些自律、自我苛求是刀锋的话。他的干净是文字意义上的、世俗意义上的，也是精神意义上的，有着常人不肯攀登的高度。这样的人，往往注定生前寂寞，也往往容易身后荣光，他的艺术主张、他的文学精神、他的自我牺牲、他的悲悯情怀使得这个人具有了宗教般的高度，但是我还是认为，周晓枫的这一句话最为打动人心："他一生都保持着穷孩子的好品德。"

明朗、积极、质朴、慈悲,不粉饰,值得尊重的东西,包括文字和品格,都不需要粉饰。

周晓枫说:"品德清凉的苇岸啊,这是繁盛之夏,你却带来一种令我生寒的深秋预警。因为,我看到一个人如何被自己的美德所滋养,又如何终生被自己的美德所剥削。"那些滋养我们的,有时候会成为我们的桎梏,于苇岸,更是如此。绝大多数人,都经历过与世界为敌又先后缴械、和世界握手言和,甚至沆瀣一气,但是苇岸,从来不和世界为敌,对世界始终保持了最大的善意。虽然世界并没有善待他,所有的苦行者都是一意自我修行,并不在意外面世界。

苇岸一以贯之的安静形成了他文字的气息——亲切、朴素,缓缓流动着诗意,与所有狰狞和苦厄也保持和谐。同时苇岸是自制的,这种自制形成了他文字清洁的美感。他不写琐屑的人事,也不肯饶舌,所有的热情和善意,都释放在大自然中,所以大自然中的一点一滴都被不厌其烦地反复呈现。他的世界里,没有人世的烟火,很有意思,一个活在烟火中的人,带着清教徒的气息,让我想起来一个人,简·爱在逃离桑菲尔德庄园之后,遇到了她的远房表哥圣约翰,这个英俊的年轻人将唾手可得的俗世幸福拒之千里，矢志要到艰苦的印度去做传教士，执意要向上帝祭献自己。苇岸的文字中，也散发着这样的光泽。让人感动，同时拉开距离。他是不可近的，一如他谦虚而又倨傲地自称是"为了这个星球的现在与未来自觉地尽可能减少消费"的人。

人世间的游吟

　　大地上的事情，是不足为奇却也是我们最终所能拥有的所渴望拥有的全部。如果我们肯放弃的话，如果我们肯最简单地存在和需求的话。但是除了苇岸，除了很少的人，我们都不肯放弃世俗生活中这形而下的欢乐，那是大地所无法承载的累赘。

　　冬天的早晨走过田野，天地空旷而苍白，土地上覆盖着厚厚的白霜，肃杀之气浓得化不开，人的行走僵硬机械。脸被寒气割得生疼，即使没有北风呼啸，深冬的清晨也会有无形的风刀霜剑割痛裸露出来的肌肤，是生疼，生生的疼，是被天地之间的苍白与肃静封存了的疼。这疼，苇岸从来不会诉诸笔触，只是我从他的文字深处读到的感觉，也许仅仅是我的个人体会。在苇岸的文字中行走，在大地上行走，我的收获是土地的质朴之美，人文精神的深邃之美，也是酿一杯醇醇的米酒，粗粝的甜、粗粝的酸、粗粝的辣，我喜欢热热地喝下去，慰藉内心深处的空落，在这个到处是水泥的冰冷的尘世中，孤独像一粒种子，无处落脚、无法发芽，需要热热的酒来暖和一下。

苇岸自己写过："我喜爱的、对我影响较大的、确立了我的信仰，塑造了我写作面貌的作家和诗人，主要有：梭罗、列夫·托尔斯泰、泰戈尔、惠特曼、爱默生、纪伯伦、安徒生、雅姆、布莱克、黑塞、普里什文、谢尔古年科夫等。这里我想惭愧地说，祖国源远流长的文学，很少进入我的视野。"1986年，经海子推荐，苇岸读到梭罗的《瓦尔登湖》这本书，深受影响，也因此他的创作由诗歌彻底转向散文。简淡、素朴的苇岸，简淡、素朴的梭罗，都是尘世的游吟者。只是有时候我会想，如果苇岸更喜欢的是苗圃之乐的黑塞呢？他的生命里会不会多一些快乐？黑塞的隐居田园，与苇岸、梭罗一样观察自然、热爱自然，但是同时也融于自然，他在真实的泥土上劳作，从真实的自然中汲取，他形而上的思想有劳作后舒服的疲惫和发亮的饱满，这也是一种自疗。带有自我拯救的乐观，同时也感染了所有期望被拯救的情感。

不过海子又怎么会向苇岸推荐黑塞？苇岸怎么可能会喜欢黑塞胜过梭罗呢？海子和苇岸，他们的文字所呈现出的明亮是自身的光芒。当他们用文字和这个世界交流的时候，他们的状态是付出的，付出自己的情感和灵魂，所以如果有一天，这种付出超负荷的时候，那么生命只剩下委顿了。

那个叫苇岸的人，现在沉沉睡去，他回到了大地上，他的骨灰按照他的遗嘱撒在他生活过的土地上，从此获得安宁。而我们在这一刻想苇岸，有一些伤感，那是冬天容易传染的抑郁吧？大地上的事情，又一度轮回到了冬天。站在犁开的田垄前，泥土和植物的气息里，期待着这个冬天的第一场雪。雪总会下的，覆盖住天地，也覆盖了记忆。

记忆能够安慰人心，也会一次一次撕扯开结痂的创口，让人痛。

豪情还剩一襟晚照

金庸谢世，享年94岁。从某种意义上说，一个铁血丹心、英雄气短、儿女情长的时代谢幕。江湖依旧，侠客遁形传奇收梢。我们这些吃瓜群众，呆呆地站在大屏前，不相信连个彩蛋都不会有了。

早就没有了。1972年，在写了十四部武侠小说和一部《越女剑》之后，金大侠金盆洗手，退隐江湖，着手修修补补原来的作品，也难怪，当年萝卜快了不洗泥。但大侠在，江湖就在，就像江湖上所言，人在剑在一样，就像靠着金庸吃饭的六神磊磊说的那样：金庸是我的后台。

现在后台坍塌了。雨打风吹，没有千年不坏的亭台楼阁。并没有遗憾，只是感觉悲凉。像楚门，发现自己的世界，是虚假的，却又无法逃离。金庸的江湖，大概就是我们曾经躲避真实世界的桃花源吧。

金庸笔下的江湖儿女，忠奸是非者不一而足。

但是可爱之人亦有可恨之处，可恨之人亦有可悲之心。引刀成一快，不负少年头的快意，十步杀一人，千里不留名的落拓，侠之大者，情怀是家是国，也是苍生、蝼蚁、草芥，"疮痍在目的忧愤感，飞蛾扑火的壮烈感，钢刀剜心的痛切感"，今晚回首，一一细数，原来，千年不坏的是文字。

我们现在如此热情地怀想金大侠，更多的并不是评点他的武侠小说，他富于传奇色彩的一生，他的学养与才华，也是凭吊自己的青春岁月：在被窝里打着手电筒看金庸；撕下语文、数学课本的封皮包在金庸小说外面，堂而皇之地看；毕业季老师将没收的武侠小说堆在课桌上，让大家一一认领，都是满满不会被复制的记忆杀。

武侠小说的席卷而来，是贫瘠的阅读时代一道大餐。金庸、梁羽生、古龙，那个时代大概也是武侠小说盗版最为猖獗的时候，书脊上印着全庸、金镛的名字，我们还没有分辨力，当然也没有购买力，往往是一本书在一个班的同学手中悉数翻过。我看过梁羽生的大量作品，古龙的大量作品，金庸的大量作品，梁羽生的武侠小说像水，行者摇摇，沟渠江湖，不拘哪里，掬一口解渴，也只是解渴，思之无味；古龙是酒，烈酒、清酒，酱香型、浓香型、清香型，入口刺激，入胃炽烈，但是酣畅淋漓之后，留下的是怅然失落，于是期待的是更为强大的刺激；金庸不一样，金庸的武侠小说是茶，龙井的清香、红茶的浓烈、普洱的沉郁，可以畅饮，更可回味，一本一本地读，读下去，回头可以再读，这里面已经不完全是简单的武侠，甚至可以说完全不是侠义的武侠能够概括的。可以说，在学生时代，我对于儒家的认识，最多就是从金庸小说中得到的。侠客的忠肝义胆，知识分子的情操，都体现在金庸笔下的人物中，中国传统文化中的一脉，金庸传承下来。

所以说金庸武侠小说的意义和价值，更多地体现在他本人在历史、文化、宗教、民族等方面的博识与深邃，以及他敏锐的新闻性、具有远见的政治眼光以及商业头脑，一个小说家，具备这样多重素质，加上他本身的才华，我一直以为金庸的小说早就超越了纯粹的武侠小说，"金庸某种意义上是把武侠小说与言情小说、历史小说和政治小说混合在一起来写，所以时代变化了，读者趣味变化了，但他的小说还能长期存在下去。"这是北大中文系教授陈平原对金庸武侠小说长盛不衰的解释，他说："他把儒释道、琴棋书画等中国传统文化通俗了，所以金庸小说可以作为中国文化的入门书来读。"

不过这个解读也是数年之前。我想金庸小说在当代所具有的阅读性，更多是体现在影视剧中。一遍遍被翻拍，也是一遍遍被现代人解读、诠释。老爷子笑眯眯地收费，不置臧否。

每个时代有每个时代的英雄，每个时代有每个时代的江湖。陈平原对武侠小说的流行曾感怀："明知这不过是夏日里的一场春梦，我还是欣赏其斑斓的色彩和光圈。"春梦了无痕，在这个越来越肃杀的秋日深处。

武侠式微，即使借着金庸远走，金庸的小说能够再掀一轮洛阳纸贵。也只是江湖的余波而已。

第十九个记者节在即，这位原名查良镛，武侠小说署名金庸的老人，曾经也是一位著名的报人，他的商人身份即源于此。而且，他还是一个以林欢为笔名写社论的报人。董桥在《英华浮沉录》里多次提到林欢写社论的笔力。这也是二十世纪的旧闻，不说也罢，秋深夜寒，不宜怀古。

沧海一声笑，滔滔两岸潮。寥廓江天，无限河山，有人打马走过，白衣胜雪，剑气如虹，然而功名万里外，心事一杯中，当他们终于消逝在水天深处，只有得得的马蹄声，依然响在耳边，经年不绝。西窗落月荡花枝，又是人生酒醒梦回时，那不肯消散的马蹄声，是深植在我们心中一生无法填充的寂寥。

再见八十年代

《三联生活周刊》的原主编朱伟出了一本新书《重读八十年代》，回顾编辑生涯、讲解当代作家。翻开才意识我已经很久不读贾平凹，很久不读余华。因为写《悠然旧时迁》的原因，曾经买了一本朱伟的《微读节气》，文字很少，以微博体的140字来阐释二十四节气七十二物候，虽然做得精致，总有点上不巴天下不接地，至少这个阶段，和我的阅读太不对路子了。

相比而言，《重读八十年代》虽然和我也有代沟，朱伟二十世纪八十年代在文学圈子里打滚的时候，我还在为一篇八百字的作文伤脑筋。我对当代文学的批量阅读是从二十世纪九十年代开始的。不过，那个阶段，在大型文学期刊乃至非文学期刊占据话语权的人，渐渐多是八十年代混迹于文学圈子的人，如朱伟这样的，所以，我的阅读还是离不开马原、余华等。虽然隔了时间的距离，情感的温度相同，读来是亲切的。无论人、文，亲切才会亲近。朱伟执掌《三联生活周刊》的时候，请王小波、王朔写杂志的最后一页，俗称"屁股"，朱伟说"屁股"一定得漂亮。这个漂亮的"屁股"保持多年，我记得前几年，《三联生活周刊》还可以看到非常纯粹的作家如马原、苏童的创作笔记，细究起来，和整体风格有点儿不搭，可以看出期刊对于纯文学的一种私心眷顾。

随着朱伟这样一代人离开各类期刊主导地位，我想类似的情景会越来越少，情感的纽带渐渐越断越细。这是正常的，文学应该回归到本身的轨道上，不过，现在看，是回过了，退得要无路走。

二十世纪八十年代，朱伟几乎把整个文学史读了一遍，很早、迅速地开启了文学和思想的启蒙。王蒙又将朱伟带入《人民文学》，在这个中国最为高大上的文学平台上，有机会认识很多优秀作家，和格非、余华等一起讨论文学，评价作品，不谈优点，只找问题。这种环境成就了八十年代文学的蓬勃发展，也为自己的成长提供了丰厚的土壤。格非说，那个时候，凡是中国好作家，没有人跟朱伟不熟。也就是彼时，在出版了一本由王蒙作序的小说之后，朱伟对自己有了清晰的认识和深刻的定位。

他说："我写小说就是三流作家，我当编辑可以成为一流编辑，我宁可当一流编辑，不当三流作家。"他的榜样是麦克斯·帕金斯，曾经有一本关于他的传记《天才捕手》在国内出版，就是他发现了海明威、沃尔夫、菲茨杰拉德这些名垂世界文学史的优秀作家。

走过半生回头看，朱伟放弃文学梦想，选择做一名编辑，也是八十年代特有的充满了理想主义色彩的决定。

做一名三流作家是容易的。如果在这圈子里浸淫久了，尤其是有一个金光闪闪的平台，比做一名一流编辑容易得多。但是做一名一流的编辑是伟大的。因为是为他人作嫁衣，是默默走在暗地里的人，是将自己放在无人关注的角落里。一般人做不到，做到也不肯做。你要坐冷板凳，并且一直坐冷板凳，舞台不属于你。

《重读八十年代》是朱伟在退休后对八十年代的文学回忆。那个时候他认识、交往的作家们构成了现在文学的中坚力量，朱伟了解他们、熟悉他们，从人到作品，所以他可以系统地对他们的文学做一个导读。也是坐惯了冷板凳吧，朱伟重读了几百万字的贾平凹，重读了几百万字的王安忆，回到记忆里那个骑着自行车在北京城里转悠，和作者谈稿件，去某个山清水秀的地方搞笔会，把一群作家关在酒店里写稿……我只是深深怀疑，陷入这种回忆的人，怎么能走出那一段文学岁月？

朱伟已经退休了，《三联生活周刊》的"屁股"越来越不好看了。某个自带光芒的时代结束了，这是应该的，因为年轻一代要构造他们的时代，植入他们的元素。

车辚辚马萧萧，八十年代过去了，再见，是再也不见。如今重读，是和朱伟老师一起梳理那一段文学记忆，或是缅怀自己的青春时光？也许两者兼而有之吧。

唐诗是个江湖啊

　　唐诗。这两个字打出来，立刻杨柳依依大漠孤烟醉里挑灯海上明月前不见古人银蹄白踏烟无边离愁无尽豪情奔涌眼前。唐诗之美，往大了说，就像你问春风十里怎就不如她，秋风秋雨怎么愁煞人；往小了说，就跟你问林青霞为什么让我们这一拨念念不忘，《窗外》的清纯、《东邪西毒》的英武、《滚滚红尘》的婉转，桩桩件件都是缘由，但是件件桩桩又都不是全部。

　　唐诗之美，实在无法一言以概之。

　　谈唐诗说林青霞，是因为我读了《蒋勋说唐诗》。就是看八卦看到林青霞推荐大家读蒋勋，然后一直读到《六神磊磊读唐诗》打住。将《蒋勋说唐诗》与《六神磊磊读唐诗》相提并论，有点儿乱点鸳鸯。他们是两种作家，两种风格，两种解读方式。蒋勋说唐诗孤芳自赏，将唐诗的韵人韵事抓高了去写，像一段感性的散文。譬如写白居易，一章四节,从标题如《惟歌生民病,愿得天子知》《文学中有对生命的丰富关怀》,等等,可以想见内容的严肃性。写《琵琶行》,蒋老师一句一句娓娓道来,从音乐之美谈到深情所寄,学养与感性碰撞出火花,蒋老师总是忍不住说:这一点很重要;或者说:希望大家注意到。让读者下意识坐直了后背,如对耳提面命划重点的语文老师。六神磊磊西皮二黄地上场,他读唐诗是自说自话,放开了去写猛人猛事,添油加醋,语不惊人死不休,有时候用力过猛,有雷人之虞。还是读白居易,六神写了两篇:《中唐的几场"华山论剑"》《放下筷子骂娘的白居易》,网络气息扑面而来。同样是读《琵琶行》,六神扯爆款讲故事,话说当年白居易与刘禹锡诗坛大PK,各有胜负,最后白居易以《琵琶行》完胜。六神说得有鼻子有眼,你简直要当真,冷不丁地括号里加了一句:我猜的,我没考证。溜不溜?

讲故事是个技术活,玩得好,会成为家,大家,玩不好就是匠,匠人,一股子俗不可耐的匠气,显得猥琐。

无论蒋勋还是六神,对唐诗解读得不够严谨,也是为读者尤其专家读者所诟病的地方。比如读《蒋勋说唐诗》,猛不丁会被一些硬伤硌得生疼。

他把《琵琶行》里的"缠头"说成"把一个红的东西缠起来插在她头上",一曲弹完上演的是"头上那个红色缎带就不知道有多少"。想一想这个画面,真是酸爽。像这样的毛病书中不少,固然不能以唐诗研究专家的标准去抠蒋勋字眼,基础知识薄弱往往会一把拉低作品档次,贻笑大方不论,贻误视听,那就流毒不浅了。不过蒋老师的版本更新快,硬伤边印边挖。

六神的解读,写得世俗、热闹,诗人们"刷着朋友圈",喝酒撸串,仿若排档里隔座抠脚大汉。只是以网络语言编排唐朝诗人,未免失之轻佻。这轻佻连六神也有所感觉,他说如果穿越回唐朝,最想见杜甫。如果见到,可能会局促到手足无措,说声"您好"就很满足。你看,恣肆如六神也绝不敢说要与老杜勾肩搭背称兄道弟。对唐诗的轻狎,也是对一个华美厚重时代的亵玩。

蒋勋通篇对美的追索与自适,六神磊磊满满的世俗眼光与排档气息,都有独特之处,这些独特之处在研究唐诗的专家眼里当然不足道,也是不足之处。但是你得承认,不足之处往往也是迷人之处。六神磊磊写得好玩、有趣,蒋勋写得美好、美妙,有趣好玩的东西未必美,美的东西未必好玩有趣,但在唐诗这里都可以，嬉笑怒骂亦庄亦谐，它们都是唐诗魅力的一部分。所以顺着六神和蒋勋的笔迹读唐诗，是殊途同归。六神借唐诗抒心中的块垒，飙升公众号业务量，蒋勋借唐诗抒发自己的生命情怀，用布道的心情传播美学，都是背靠大树享受阴凉。290年的唐王朝，存之十分之一即50000首唐诗，这棵大树为什么不靠？

六神形容唐诗是座大花园，他的成功在于不走寻常道，翻墙而入摘几朵花给大家看；蒋勋认为唐诗是花开到酴醾的芳菲锦绣，是语言与文字在口舌之间满满琢磨而成的珍珠。虽然言之有理，却感觉是意犹未尽的管窥。真正的大唐只是想象中的回味，完整的唐诗只在遗憾中想象。无论多么磅礴的想象力与敏感的神经，都无法体会到唐朝的博大与唐诗的绚烂，我们竭尽所能，也不可能感同身受，那么不能读不能解的部分，也是唐诗的迷人之处。

唐诗的迷人之处还在于，它是个江湖，浩瀚无边。江湖之大令人望而生畏，江湖之远令人追怀不已。而每个人心里，都有一个英雄梦。

据说，冯唐有一次和民谣歌手们吃烧烤喝啤酒，周云蓬说，划拳太低俗，我们比赛背唐诗吧。一个人起头句，另一个人接着背，背不出喝酒，喝完再起一个头句。周云蓬很快酒喝多，王小山站出和冯唐继续比赛，王小山就一直喝，但是也一直没有喝多，冯唐说王小山酒量实在是大，把个冯唐喝得困得不行，先走了。

唐诗从南北朝起头，酩酊了近300年，喝到宋朝已然酒意阑珊，再后来只能兑水。所以陈子昂登上幽州台，感叹"前不见古人，后不见来者"怆然而涕下，给无数人的英雄梦压卷，也给唐诗压卷。不要说，《春江花月夜》孤篇压全唐，太乐观了。那时候大家都以为，唐朝这一拨诗歌的花开放之后，还有一拨接一拨浩浩荡荡的姹紫嫣红继续。

江湖还在，只是诗歌不做老大好些年。仓颉造字，有鬼夜哭。不说也罢。

梅边消息,没边消息,没编消息

　　周日读了潘向黎的《梅边消息》。喜欢毛尖的嬉笑怒骂,喜欢董桥的精雕细刻,喜欢车前子的不知所云。潘向黎不是我的茶,太雅。

　　所以潘向黎的文字虽然早就看了,印象不深,想来也是因为,这样一种清绝的文字,与我这世俗中人种种不适宜。潘向黎说:"人有时候需要一道帘子。当我渴望安静地独处,古诗和茶就是我的两道帘子。"

　　我觉得这个女子,日常是抚琴、焚香、拈花,事实上真差不多。

　　很美好。只是,心理上太有距离感了。

　　但是今年看了她两篇稿子,《陪宝玉黛玉流过泪的我,如今到了陪贾政流泪的年纪》《杜甫埋伏在中年等我》。看了标题,已心戚戚了好一会。忽觉无论是香风习习还是油烟滚滚,天下的水是往一处淌,理也是往一处顺。当时鸡飞狗跳的,先存了。等看到完整的文字，已是多日之后。

才明白先前的心有戚戚是会错了意。比如《陪宝玉黛玉流过泪的我，如今到了陪贾政流泪的年纪》，我想当然理解成，人年轻的时候，当然会给宝黛的爱情站队，年轻人，爱情至上；到了中年，会更加认同贾政：眼看着家道中落，自己回天无力，可是这样一个天资不错的儿子，就是不肯走正道。在5720厂和交控集团的几次读书会上，我还言之凿凿贩卖了此观点。及至细读了，才知道潘向黎的泪落在贾政这里：一个中年男人的种种尽心尽力，尽是无能为力。接受儿子的不作为，还得接受儿子的不回头，中年老父亲的无奈悲凉跃然。

至于《杜甫埋伏在中年等我》则交代了她几十年的文字情缘。与其说是读杜甫，不如说是怀念父亲——复旦大学中文系教授、评论家潘旭澜。父亲昔年对杜甫的欣赏与少女时代自己对杜甫的不以为然，到潘向黎40岁，父亲去世，与妹妹一起将《杜甫诗选》一页一页撕下来烧给了他。"这个时候，我真正懂得了'莫自使眼枯，收汝泪纵横。眼枯即见骨，天地终无情'这几句的含义。"

世上很多书，世上很多事，世上很多情感，都是需要时间来淬火的。

《梅边消息》最初叫《诗清响》。出版社总编韩敬群根据词人姜夔的名作《暗香》想到了"唤起玉人"的"梅边吹笛"。潘向黎的先生又想起她曾经写过一篇《梅花消息》。潘向黎觉得"梅边"比"梅花"想象的余地更大，于是《梅边消息》就这样定了——"古诗词就是我心目中的一片古老的梅花，梅树虽老，花却长新；历代人读诗犹如赏梅，那些激励、感触、思考、发现，就是源源不断的梅边消息。"

抄了一大段，我也觉得这个名字雅得很。起初我以为是宋杨守的《八声甘州》中的一句：问梅边消息有还无，似微笑应人。我更喜欢这个意思。

毕飞宇说："在这本书里，我看到向黎影影绰绰的步态和身姿，我觉得向黎很美。这种美，大家闺秀才有。"深以为然。

梅边消息、没边消息、没编消息。说多了无味。周日雨天，洗衣服晒被子都不可能，泡了杯新茶，向赠茶的朋友遥致谢意。翻了《梅边消息》。浮生半日，过得很潘向黎。

厨房里的那些事儿

疫情期间，报纸停刊。编辑部工作做了加量，恢复更新公众号和视频号。这就搞出事儿来了，照样等稿子，加上剪视频，每天搞到半夜，虽然我不会拍不会剪。

经常结束工作后，打开冰箱，看看，啥都没有。疫情期间，我家基本靠隔壁一栋楼的姚老师投喂。彼时心里还是失落。食物给人以安全感，无论在肚子里还是在冰箱里。

翻出李舒小姐的《民国太太的厨房》聊慰饥肠。这本书以我的小见识是很厉害的，2016年第1版，到去年已经第13版。我的《她们谋生更谋爱》《悠然岁时迁》都再版过。也就这两本。

《民国太太的厨房》写了民国时代的部分名人，以文艺男为主，他们与食物的关系。爱玲小姐说：再没有心肝的女子，说起她去年那件织锦缎夹袍的时候，也是一往情深的。仿造一句：再薄情的人间，说起宋惠莲用一根柴火煮烂的猪头，说起大观园里油腻腻的胭脂鹅脯，也还是漾起几分烟火暖意的。就这么点子暖意，对付着能把眼前这半杯冷酒喝下去。

爱玲小姐不做饭，即使与胡兰成鹣鲽情浓，末了胡兰成还得出门找个馄饨摊子解决。爱玲小姐不会洗手做羹汤，她是个有原则的女人。赵四小姐是下厨的，少帅远庖厨，饭要吃客要待，而且有大量的空闲吃饭待客，于是春天的砂锅鱼头，夏天的清炒豌豆，秋天的炒醉虾，冬天的火锅，赵四小姐手到拿来。简单一道清炒豌豆，她的豌豆是先用鸡鸭汤浸泡过，烧的时候用肉汤加鲜奶调汁，成菜汤汁雪白豌豆翠绿。就问你服不服？

都以为钱锺书是十指不沾阳春水的书呆子一个。1937年的英国，杨绛生产，月子里钱锺书煮了一锅金黄色鸡汤，并且体恤地剥了家乡风物蚕豆瓣，一脉温存被记忆封存，多少年后杨绛念念，民国厨房里的太太很知足。还有赵元任的太太杨步伟，优秀到干啥都成功，开医院开饭店做太太，治大国若烹小鲜，打理公司打理厨房，烧着烧着菜，腾手出书教外国人烧中国菜，教外国人点中国菜，且绝不贪恋财与名。杨步伟的故事里有股子昂昂正气，类似于饭锅头的镬气，让人满心欢喜猛吸几口。

饮食男女这四个字，看上去浅显，其实大有深意。虽然李舒说的是厨房里舌尖上的饮食，字里行间流露出欲言又止的男女。贪婪是一种动物性，只是无论对食物还是女人，都要有个度。过了度，都是让人不愉快的，甚至于伤身伤命。黄侃五十而绝，直接原因是大啖螃蟹饮酒过度胃血管破裂，顺带说一句，甫知天命之年，他已经结了9次婚；朱自清严重胃溃疡兼胃穿孔去世，主要原因之一是饮食不节制，吃坏了胃。饿死？这是没有的。

我看了《民国太太的厨房》，很有感慨。孔子他老人家说，吾未见好德如好色。其实，好色是尊重身体的诚实，也可以拔高为生命诚可贵，爱情价更高。沉溺于美食，也是尊重身体的诚实，同样可以拔高到懂得生活热爱生活。唯美食与爱不可辜负。只是《民国太太的厨房》说起来其实和太太没有多大关系，太太在这里至多不过起个厨娘作用，你懂得。

如果单纯是厨娘也就罢了。总好过一边和朋友吃着太太烟熏火燎烧出来的菜，一边和朋友商量着如何离婚，让人看得好气又好笑。

书的末章是"二十四味食单"，不知道是不是仿效《随园食单》。张爱玲的可颂，张大千的牛肉面，王世襄的葱花蛋，康同璧的罗宋汤，等等，举凡二十四道。有些看上去难倒是不难，如法炮制就难说了。食物这个东西，饱腹是基本功能，在此基础上，还有其他辅助功能，比如心情，比如对食的人，比如佐餐的酒，一发散，民国太太势必得走出厨房。

山居流水

《山居杂忆》。几年前我在苏州报业一张休闲周刊上看到过推荐文章，犹豫了一会还是丢手。八旬老妪试手的回忆文字，颇有些疑她。

回忆录。生于1918年的高诵芬记录她八十年的人生历程。一个大家闺秀眼中的百年家族沉浮，平白诉来，不拔高、不媚俗、不煽情、不做作，大户人家的底色和老派人的自持。有一点时间概念的都知道，这八十年岁月太过动荡，落到每个人身上都是不可承受之重，何况当年高家在杭州是豪门，其间经历更为坎坷。

高诵芬自幼在家延师授读，十八岁嫁给同乡徐定戡，从此相夫教子。一生所走皆循规蹈矩。徐定戡在前言之一里介绍妻子写书的初衷：初归徐家，高诵芬在他的书架上翻到明末张岱所写《陶庵梦忆》，爱不释手。徐定戡便鼓励她学张岱写写。只是大家族的长孙媳，先是执奉箕帚，后经历战乱、疾病、生离死别。直到1994年,老夫妇移居南澳安享晚年。去国日久,乡愁渐浓,方才动笔。高诵芬初稿,长子徐家祯润色,丈夫徐定戡帮忙回忆添加。

计三十多万言,厚厚一本。俱是琐细日常,与时代而言的芥豆之微,却正好落在人心最软处。高诵芬的母家是杭州名门望族,涉足商、政、文,曾经半个杭州城的产业都属于高家,有"高半城"的说法。这样一个带有封建色彩的大家庭,其中可能发生的事,对于写作者犹如深井,简直淘挖不尽。偏高诵芬站在井边安全范围内,只写日常接触到的人,日常所做的事,家人用人、风俗人情。连女孩子最为跌宕的婚姻,在她,也就是父母之命、媒妁之言,好像跟自己全无干系。这个秉性敦厚行事安分的女子,文字里没有萧红者的灵慧峥嵘,没有张爱玲者大家族的暗黑倾轧,没有江湖,没有天下,只是寻常家事。去上海看病,住的旅馆家里是有股份的;后来破败了,老用人上门,还是要掏出两毛钱给她,老用人回头眼泪汪汪地说:"小姐,你要想开点,比如你本来就生在苦人家。"……大户人家的世事洞明人情练达,光景好时是这样,不好时也是这样。被时代裹挟着的身不由己、逆来顺受,委屈吗？在有德行的人看来，这委屈也是不该存的。人生境遇，坦然而已。

《山居杂忆》颠覆了很多对以前有钱人的认知。孩子是不许穿绸的，不能娇惯；夫妻见面即是洞房，却也并无很多古怪异常；人情也是有的，譬如徐家父母早亡，老祖母持家，看到用人翻自己的箱笼偷东西，悄悄退出去，怕用人难堪；有些不堪的人、事，高诵芬淡淡一句"我们也不去点穿"，都是将人心比自心，彼此留有余地。

想起皖南，徽州人家客厅里挂着对联：世事让三分天宽地阔，心田存一点子种孙耕。就是这样一点存心，老人家也该是个有福的。

有一章写桂花糖。全家上下为高诵芬婚后"三朝"回门的六色桂花糖准备了四年，包了共九万六千粒桂花糖。后来经历流离转徙，儿女成行，从箱底翻出二十多年前结婚时的桂花糖吃，不要说个中人，读者一时之间也是酸甜五味冲上心头。2000年《山居杂忆》出版风行，有人按照书中所言方法制作桂花糖在淘宝出售，徐家桢在其后版本的补后序中也提及。我的老闺蜜姚老师果然在淘宝搜到。很多人怀念关于旧时杭州的节气风俗，怀念踏踏实实认认真真的生活。

《山居杂忆》腰封上写"日子如流水，老人用心境洞穿了它，清澈如许"。洞穿这个词有些心惊，虽然也是历尽劫波，于高诵芬而言还是太过犀利了。坊间纷纷说："一个大家闺秀眼中的百年家族往事，一部另类《巨流河》。寻找逝去中国的记忆，是为中国特定时代的教科书。一部现代《红楼梦》。"从不同角度定位这本书，是一种误读。《山居杂忆》负载不了我们渴望它负载的历史、文化和情感的庞杂。可以说它的背景墙是将近一个世纪的风云起伏。但是呈现出来的只是一个杭州老人个人生活的点滴，是个人视角下的历史，而且这历史还需要读者从生活中抽丝剥茧。

《红楼梦》也罢，《巨流河》也罢，深藏着一个时代的野心。在《山居杂忆》这里，只是在灰扑扑的阁楼里，翻到老祖母一张锦绣斑驳的龙凤帖，墨迹淋漓着当年盛景，已是遥不可及的亲切。宏阔磅礴的激流，转瞬化为老祖母的絮絮温言，一如老人家当年出嫁制作的桂花糖，含在嘴里，很久很久的清甜。

大概是旧岁将除，我读《山居杂忆》，老是想到"山家除夕无他事，插了梅花便过年"这两句。人世间，熙攘拥杂，有时觉得闪转不得，凝神细忖又似乎一片空白。山家哪里会没有事，山家又哪里有什么了不得的事。山重水复，大浪淘沙，归了齐，都会有个落脚之处。妥当不妥当，那就另说了。

握手言和

村上春树有本书叫《当我谈跑步的时候我谈些什么》，一本以跑步为基调的"回忆录"，类似于半自传的随笔。村上在书中将跑步时"此时此刻的心情"记录成文，书写跑步，也是书写他自己。像村上这样将零零碎碎的思绪串成一个主题，表达小说家的真实，乃至境界。是一种习惯，也是一种能力。

村上爱跑步是出了名的，麦家也爱跑步，雨天不能外出跑，他就进健身房。2018年辞去浙江省作协主席职务之后，麦家说他的生活渐渐固定成写作、锻炼和家庭。自律而自觉的人多是这样，在过程中一件一件将不需要的、不重要的、可以放弃的内容丢掉，生活内容简化，也可以说是一种极简生活。只是没有极简到一箪食一瓢饮这样近乎于癖。

生活中没有什么不能抛弃的，有的人连肉身都可以弃之如敝屣，但是如果什么都不要了，那么存在的本身就是多余。太接近哲学了，我们不能将自己过虚无了，这是底线。

有个鸡汤视频前阵子挺火。一个老外给学生们上课。一个瓶子里先装高尔夫球，孩子们说满了，不能装了；老外拿了石子，装进去一些；看似满了，老外拿了沙子，又装进去了；最后在满满的瓶子里，老外又灌进去半瓶啤酒。这个视频不是在说可能性、挖潜力这样的话题，而是人生重要的事情安放顺序的问题。瓶子是一个人人生的缩影，高尔夫球代表人生中重要的东西，石块代表次等重要的东西，沙子等代表不重要的琐碎。如果你用不重要的东西即琐碎的沙子填满你的人生，那么重要的东西就再也塞不进去了。

这个视频触动我还在于，老外说，高尔夫球所代表的重要的东西是家人、朋友、健康以及热情，次重要的是房子车子。其实我们大多数人也是这样认知的，但是潜意识里不自觉的我们将排序挪动了。因为这种更接近真实欲望的排序，我们剑拔弩张地面对人生，面对自己。

前两年余华出了一本散文集《没有一种生活是可惜的》，这也是他集子里一篇文章的标题，他写他八十年代末在鲁艺学习，马原经常来通宵聊天，充满热情谈文学,不谈其他话题。当时陈晓明在社科院读博,"我们到晓明那里,也是只谈文学,除了文学没有别的话题,那真是一个很美好的时代"。

被热情鼓胀的纯金一样的岁月,对于他们来说,单纯的文学就是高尔夫球。我们也曾经有过?我们也曾经有过,后来渐渐泥沙俱下堵塞得几近窒息。什么是泥沙?回头想一想,我们每一天做的很多事,说的很多话,都是。

村上认为人生总要有个优先次序,按这个次序安排自己的时间和能量。没有一种生活是可惜的,前提是你用什么填满了你的生活。高尔夫球还是琐屑?意识到这一点尚有余地去改变,将生活轮廓清晰,生活内容去芜存菁,还是幸运的。

拍电影的贾樟柯出了本书《贾想》,画画的陈丹青写了序,说句题外话,现在搞文字真是自卑,谁都能搞,且都比你搞得好,最打击人的是人家是玩票。贾樟柯抱怨说他小时候差点就沉沦了,没有人来救他。陈丹青序里有段话,意思是等着别人救是奴性,"永远不要等着谁来救我们。每个人应该自己救自己,从小救起来。什么叫做救自己呢?以我的理解,就是忠实自己的感觉,认真做每一件事,不要烦,不要放弃,不要敷衍。哪怕写文章时标点符号弄清楚,不要有错别字——这就是我所谓的自己救自己。我们都得一步一步救自己,我靠的是一笔一笔地画画,贾樟柯靠的是一寸一寸的胶片。"

能够救你的就是最重要的。画画、拍电影、写东西、爱情、亲情,甚至一只陪伴的猫。

2015年,麦家的孩子出生,麦家决定写个大东西,这就是后来的《人生海海》。这应该是他的第一部非谍战内容作品。《人生海海》的结尾,"我"最终宽恕了仇人,与过去和解了。麦家说他花了几十年的时间,完成自我修复、治愈,终于能和人生握手言和。那些我们曾憎恶的、那些曾经伤害我们、那些我们耿耿于怀的就是先行填满瓶子的琐碎,当它们终于风化成碎屑并且随风飘散,而我们头也不回,这就是握手言和了,这就自洽了,这就是纯粹了。从此,我们就能心无旁骛地专注于那些对于我们最重要的东西。

难吗?难。跨过去是一念之间,跨不过去,就是咫尺天涯,银汉迢迢,一辈子都渡不过去,一辈子都在风浪里颠簸。

文字下酒

这几日在看郭珍仁先生的《话说红楼》，不是一本正式出版物。当年老先生自费印了几百本，送给亲朋故旧。我有幸得到，没焐热就被单位一位老师借走，从此杳如黄鹤，我却一直在念中。今年春天，请诗群老师给我做的《真情》版写一篇郭珍仁的文字，也婉转托她找郭珍仁先生的儿子郭小文要了一本。王业霖先生在上面题了字，不过他已故去多年。红底绿梅花，封面做得简单，是郭珍仁先生数十年阅读《红楼梦》的读书札记，扉页上有"丙子之春"，也就是说，出版于二十四年前。而从开始写到1996年付梓，也有二十多年。

几十年的光阴，涣散在黯淡的纸页间。如今再读，居然无言。

前几年红楼大热，热得烫手，《红楼梦》早就被各方挖地三尺剔骨抽筋地读之再三。郭珍仁的这本书，无论从当时占有的资料和解读的思想背景，与今天都不能同日而语。我的感动，是源于作者创作的历程，他走过的路，一路上留下的斑斑点点，湘江旧迹已模糊，磊磊分明的，是筚路蓝缕。面对太过沉重的人生，我总是有一种无力感。

半生潦落入诗怀，郭珍仁一生坎坷始于1924年，终于2002年。先是在农场改造，然后拿笔的手拖起板车，和几位"牛鬼蛇神"打帮，每天往返于荻港、桃冲之间，贩运毛柴、杂柴卖……在他的《滨河庐词抄》中，共收词555首，其中225首均写于13年板车岁月。"梦酣喜听檐前雨，滴到三更鼓。明晨路滑必停车，欲洗辛劳粟酒径须赊"，我们现在看，文字是美的，是开在艰辛岁月里的花。但是，谁能够真正体会到，当年绽放时的泪的艰辛。

我见到郭老，已然是二十世纪末他古稀之年。我一直记得十多年前，市作协组织到繁昌荻港采风，荻港滨江老街中陈旧简陋的居所，滨河庐里，一位发苍苍齿茫茫的老人颤巍巍地站起来。一个人的衰老是身体表现出来的，但是有很多时候是从内心深处散发出的一种气息。我们的逗留很短暂，那天，郭老也没有说什么，他轻轻地和认识不认识的来访者握了握手。

命运，终于松开了铁拳。人，也老了。被时间束手就擒的无奈与无力。

其实我对于这位老人的印象，更多的是停留在他的诗词里。初做编辑的那几年，我都会收到老人寄来的诗词。绿色的方格稿纸上，松散的钢笔字让我感到一种力不从心的颤抖。他的诗词很好，不仅仅是格律对仗工整，最重要的是有意境，这是现代很多填词写古体诗的人所缺少的。晚年的心境，是清淡的田园味道。我想起溥心畲，这位末代皇族的个人际遇以及文字造诣。郭老曾经写过一篇关于溥心畲的文章，并且影印了溥心畲的词一并寄来，文章没有见报，但是那张影印件却一直压在我的台板下，记忆留白，岁月窖藏的文字，一一填金。

把芜湖文坛的卷宗往回翻，始终默居一隅的郭珍仁是洇染在渐渐发黄纸页上蓊郁的远树，缥缈的云烟，淡淡一抹墨迹，彰显了一种格调，文字的格调。

当我也走过了一些路，有了一些年纪，愿意微笑着面对人生，却在内心选择遗忘的时候。在堆积的记忆里，总有一些背影让人难以忘怀。他们和我们的生活也许没有关系，但是，却璀璨在精神的星空，有一种不能抵达的深度。让我们感觉力量，也感受沉痛。

好文字能下酒，而有些人，被沉淀在时间深处的心酸与痛楚，是醉眼与泪眼里的把酒酹滔滔。有多少事，欲说还休；还有多少事，相顾无言。我们且浮一大白，热热地喝下去，逼出心里的寒气。

寻　常

那是端午后多雨的一天。寻常的一天。

一个中午都在读王业霖先生的书《子在川上曰》，是上午王业霖先生的夫人孙老师送来的，她并不认得我，也记不清我的名字，但是一直记得要带一本给我。并且当时在书上写下我的名字，用了王先生的印章。印章位置很讲究。是王先生的游记文字。在先生去世十年之后，孙老师终于将这些文字收集整理出版。也许不能说出版，没有书号。可是，很有分量。在这里，书号的有与无并没有什么意义。

孙老师说，只是给王先生的朋友故人做个纪念。也是孙老师给自己，留一个纪念吧。我想。

这本书是孙老师整理出来，是王先生的儿子排版印制。当年王威在王先生故去二十天后参加了高考。我曾经送王先生上山，也去凤鸣湖边王先生家看望了孙老师和王威。十年过去了。

这本书是王先生去世前一年，将多年来自己发表的游记散文挑选出来，按照地理方位分类汇总。未及出版。有几篇我曾经编辑过，有一篇《吃汤圆》还获得了安徽省的副刊好作品一等奖。我记得。

芜湖种植文字的人不少，尤其是前些年，和王先生同年纪的。其实王先生也不算芜湖人，他一直到1989年才调到芜湖政协，之前，在马鞍山，在当涂，王先生是江都人。去世的时候五十二岁还差五天，我在这本书的侧页上看到的介绍。

王先生是我很佩服的人，很有才华。也许才华这个词对于他来说显得轻浮。能写非常好的字，不是字，是书法。书里面影印了两页书法。一页是王先生写给儿子的："惠崇烟雨芦雁，坐我潇湘洞庭。欲买扁舟归去，故人云是丹青。"录的是苏东坡的诗。一页是挂在客厅的："公余补睡续清梦，客去偷闲吟小诗"，孙老师说这是王先生对自己生活状态的自陈。

书的前言是王威写的，他说父亲"文章技巧朴实，语言上也似乎有些平淡。写的，都是风景典故，但读出来的，都是他在逆境中坚持的操守和人生价值观，有一种不妥协的刚烈气质。人与文章，都显现着钻石般的纯洁与坚硬。"

窗外仍有淅沥雨声，雨意也蔓延到我的心里，我可不可以说，知父莫若子？我可不可以说，不寻常的文字通常是以寻常面目出现的？孙老师写的后记，一样的朴质文字，与我看见的那个温和、文静的中年女子如此相契。

书做得很好，是我非常喜欢的类型。本白的封面，只在左上竖排"子在川上曰"几个字，"王业霖著"小小的竖排在"上曰"边，右角横排的是"西行漫记"等五个文章分类。整个书毫不花哨，朴素沉静，却大气，几乎配得上先生的文字。

子在川上曰，逝者如斯夫。十年，王先生，别来无恙？

余生也晚，没有能够向王先生请教，是人生一憾事。

人书俱老

看到《窗头明月枕边书》中《倚兰书屋》一篇，写的是苏州退休教师陈新先生的五卷本散文《倚兰书屋自珍集》，桑农先生一句"人书俱老"，怦然心动。在少年的灵气、青年的锐气云散之后，渐渐偏爱素朴的文字，又怕浅白寡淡，兀自踌躇不已。

人书俱老，不啻醍醐灌顶。

《窗头明月枕边书》是读书随笔集，分为三辑。第一辑"颂红妆"，记录民国女性事迹；第二辑"乱翻书"，记现代文人掌故；第三辑"笔墨缘"记个人读写交往。桑农先生去岁底请郭青转交给我，办公室里见缝插针看一点，看得津津有味，尤其第一辑多是民国知识女性的故事。其实像吕碧城、方令孺、毛彦文、林徽因、冰心等当年轶事不时见诸报刊网络，多是臆测，网络更是八卦得拙劣不堪。桑先生文字温和理性，诚如韦力所言"简练严谨，客观冷静，点到为止"。自省，要是我写，做不到如此节制。

书中文章俱是桑先生在报刊上发表过,汇编成书。这样的结集方式是我所羡慕的。零零碎碎的小文章我这些年也没有断过,很多当然不存,也是不觉得有保存的必要。有个专栏前后坚持了5年,保存下来三四十万字,又怎样?偶然点开,只觉孟浪浅薄到脸红。写字的人,还是要千金敝帚。

桑先生写的《电话和信:写在〈围城〉边上》,剖析文字人心,着实有趣。方鸿渐、苏文纨、唐晓芙三人关于打电话还是写信的议论,感情纠葛,又是可惜又是好笑。我要找到无为钱之俊的《钱锺书传》看一看,按照桑先生的解读,这样世事洞明练达的钱锺书怎么可能是书呆子?呆的是他还是我们?《乱翻书》一辑里,桑先生有五篇解读钱锺书其文其人,钱锺书真是座矿啊。我认识的除了无为钱之俊,还有从芜湖走出、现在杭州任教的杭起义老师,尝试以钱锺书的有关学术成果为教学主题,创新中学语文教学,并出版了《在中学讲钱学》。杭老师探究的是普及钱锺书与探索新课改之间的结合,专业性较强。钱之俊关于钱锺书的几本著作,我眼下看到的主要是各种史料的梳理剔爬整合判断,属于传记类研究。桑农先生写钱,杂览随写,手心两畅。正如徐雁语"能以感受为引线、以史料为依据",更有悦读的意趣。

《窗头明月枕边书》取自郁达夫的诗:"你问我的欢乐何在？窗头明月枕边书。"我想这也渐渐远去成一帧旧风景了。文字流芳,每一本都是一盏青灯,在旧时月色里光影摇摇,欲灭。

2019年我在晚报做过一个策划"爱阅之城",一月一个周刊,推出一位芜湖书人,组织一次芜湖书事。第一期的书人就是桑农先生,春日迟迟,我和郭青一起在桑先生的玲珑阁书房里看他收的书,其中一匣就是《倚兰书屋自珍集》,五册袖珍小书收在一个深蓝色函套里,书名刺绣其上。一本本抽出,未及细看内容,已经为装帧倾倒。

桑先生在《倚兰书屋》里写我们当时没有看到的内容,"不禁想起前些年风行一时的'老生代散文',如孙犁的'劫后'十种、张中行的'负暄'三话,都是'人书俱老'的好文章。"人书俱老,孙过庭在《书谱》中的原话是:"初谓未及,中则过之,后乃通会。通会之际,人书俱老。"天赋的才华与后天习得技巧,兼之以作者的精神世界渗透、融汇,渐渐形成、融熟为自己的风格、风致。而精神世界需要时间与历练、沉淀与磨砺,切磋琢磨,才能人书俱老,这老是智慧、通达,是老练、老到、老辣,是顺其自然,是老而弥坚。

孙过庭说的"人书俱老"是书法,桑农先生形容的"人书俱老"是写作。其实艺术、文化莫不如此。人书俱老,可以与时间有关,也可以与时间无关,它是一种境界,也是一种时间淬炼的美学概念。

看山看水,听风听雨,没有人能够留住时间的脚步,那么至少,能够对自己有所期待。期待所有的山水和风雨最后,都沉淀为胸中丘壑、笔底烟云。

衣上犹沾佛院苔

夜凉。晚上在小区里散步,仲春是渐趋疯狂的季节,梅花和紫叶李之后,樱花日逐繁盛,满目粉白轻红开得不留余地。樱花是沉寂的,即使开成这样攘攘盛景,尤其在人声尽息的夜晚。"涧户寂无人,纷纷开且落。"王维写的是木芙蓉,闹市中的樱花更有浮沉人世却不染尘埃的冷白气息。只是寂寞开谢在无人之处,也许更加自得与自在吧。我喜欢这样的自得与自在,在没有人的地方,生命的绽放里涌动着静静的欢愉。

只为自己内心的舒展,与世间万物毫无干系。

中年之后,王维,这位中国诗歌史上杰出的诗人,中国绘画史上杰出的画家,中国书法史上杰出的书法家,开始与俗世背道而驰。其实人到中年对于王维来说,正是红杏枝头春意闹的得意时分。作为名门之后"妙年洁白,风姿郁美"的贵公子,作为21岁就状元及第的才子,作为一个被俘接受安禄山伪职、秋后算账居然逃出生天并且连连升官的王右丞，在他华丽铺陈的 61 年人生里，有惊无险地完成了从"孰知不向边庭苦，纵死犹闻侠骨香"到"但去莫复问，白云无尽时"由绚灿之极而归于平淡之致。如行云如流水，偶然一点云卷一点风乱一点波谲，是平畴的画意，心灵的淬火。他的心灰意冷不知从何而来。

当然，一开始并不是这样的。

曾留意过王维一首非常普通的送别诗，王维写过很多送别诗，感觉他好像不停地站在水边、路边送别。这首是写给张谭的《送张五谭归宣城》：五湖千万里，况复五湖西。渔浦南陵郭，人家春谷溪。欲归江淼淼，未到草萋萋。忆想兰陵镇，可宜猿更啼。好朋友张谭辞官归去，浪迹江湖，王维写诗送行。江水浩渺，春草茂盛，别意徊徨，却又无可挽留。两人相识相交于开元十五年，王维 27 岁，对于古人来说已经不算年轻，也就是说他们是人生观价值观都成熟后交的朋友，无疑更加具有精神层面的知己意义。

王维与张谭在诗、画、道三方面趣味相投，很多人生选择彼此间也受到影响。张谭官至刑部员外郎，还是没有将职场进行到底，选择归隐，此一去前往宣城寓居。永忆江湖归白发，欲回天地入扁舟。这是很多古代知识分子喜欢标榜的境界，其实在美好的文字意境后面，是太多的辛酸与无奈。你以为他不乐意庙堂之高治国平天下，实现他的人生价值附带家族、家庭建设？我来解释一下归隐这个动作，在相当大的程度上这是 T 型台上的一个"Pose"。皇上在长安，他们就到长安附近归隐，皇上到洛阳，他们就到洛阳附近归隐，近距离地守着皇帝待价而沽。作为一个知识分子，当无路可走，有路不好走，此路不通天的时候，他们的第一选择是归隐。张谌走到归隐这条路上，王维是清楚其中曲折的，并且感同身受。21 岁状元及第之后，他已经等待太久也被遗忘太久，他的内心饱经煎熬。好朋友孟浩然到长安应试，怅然而归，他写诗送别：杜门不复出，久与世情疏。以此为良策，劝君归旧庐。我中了状元了，还不是在长安赋闲，你就老老实实回乡隐居吧。张谌归隐了，王维写《送张五归山》：送君尽惆怅，复送何人归。几日同携手，一朝先拂衣。东山有茅屋，幸为扫荆扉。当亦谢官去，岂令心事违。王维说我很羡慕你的归隐，我也要走这一条路。是对故人归隐的一种美化，是对自己心情的一种表达。在大多数的送别诗，王维都将归隐作为最佳的选择来予以赞赏，甚至也一再表示自己也有归隐的愿望。虽说尽量真切了，但是当手中有一把伞的时候，对于淋湿的认识总是缺少真实感的。

惜别之情殷殷，归去之心切切。但是当张谭从此山水寄余生的时候，王维挥一挥衣袖，转身忙着"跑官"，最后他献诗给中书令张九龄成功：宁栖野树林，宁饮涧水流。不用坐梁肉，崎岖见王侯。鄙哉匹夫节，布褐将白头。那些隐居在山林里的人都是见识鄙陋、目光短浅的人，守着匹夫之节，不是大丈夫的作为。这是淡泊超然的王维说的话吗？人是有两面性的。如果说王维为了出头不得不作违心之论，那么为了安慰朋友，标榜自己，王维也可能言不由衷地大谈归隐。一切皆有可能，看他的目的是什么了。

我相信他说的都是真的。

张谭的人生不再风起云涌，江海寄余生。王维的仕途却面临最重要的转折点，或者说后人一直耿耿于怀的污点。天宝末年，安禄山陷两都，王维没有来得及撤退，被捆成一颗肉粽送到安禄山面前，王维太有名了，有名到安禄山这样的胡儿也知道要拿他做药引子。刀下留人，王维关在菩提寺，老朋友裴迪来看望他，说起安禄山在凝碧池大宴宾客。王维赋诗悲悼：万户伤心生野烟，百官何日再朝天。秋槐叶落空宫里，凝碧池头奏管弦。历来文人感叹"文章误我"，没有想到文字又一次成全了王维，等到安禄山一倒，当年在安禄山那里拿薪水的官员一个个秋后算账，这首诗救了王维，不仅没有罪加三等，反而从此官运亨通，从太子中允，迁中庶子、中书舍人，复拜给事中，转尚书右丞。昔时短暂的蹭蹬简直不值一提。

但是，当位极人臣的现实让人不再有所图，当做过"伪官"的经历让人不能不沉默，王维性格中淡逸的一面充分显示出来。如果说当年那些要跟朋友们归隐的话是安慰性质、作秀性质，沉浮之后的王维，心是真的归隐了。"晚年惟好静，万事不关心"，在购得宋之问辋川别墅后，王维于山水绝胜之处与裴迪、崔兴宗等人浮舟往来，弹琴赋诗，啸咏终日，长斋禅诵，最认真做的事情大概就是每天请十几个僧人一起吃饭，不问红尘，非常彻底。

作为一流宫廷诗人，作为一流画家，作为一流从政者，当人，首先是作为一个很有才华的人，王维深谙而不沉溺，入世很深同时出世很远。归隐是他从年轻时候就絮叨的话，直到61岁死始终没有归隐。

从年轻"相逢意气为君饮"的豪情，到"杜门不复出，久与世情疏"的苦闷，再到"贱子跪自陈，可为帐下不"的功利，以及"秋槐叶落空宫里，凝碧池头奏管弦"的哀痛，种种曲折后，王维的内心世界渐渐冷却。

名门望族出身的人，接受了比较全面的基础教育，内心丰盈，步履从容，有很多优点，但是他们敏感脆弱，心如琉璃等闲碎。如贾宝玉者，最容易缺失的是韧劲，最不肯做的是死缠烂打。高加林式的对于人生原则的节节退让，对于人生目的的步步为营。虽然我不喜欢这样的男子，太贫瘠的起点，太高远的志向，之间是太挣扎的过程，这一过程分泌出太多仇恨。但是你不得不承认，他们是巴根草，怎样的风刀霜剑，稍一回暖就立刻吐绿。这样的人更有生命力，也更有侵略性。

王维不能。

浇花，水一点点浇下去，终于渗透；天，一天天凉起来，终于凉透；心，也是一天天冷下去，终于冷彻死透。中年之后，王维的冷，不是因为冷风吹，不是由于釜薪抽，而是他在短暂的自燃后自己冷却了，犹如失血后无法控制的体温。王维不是个一意孤行的人，他以出世的精神入世耕耘，并且取得了非常好的平衡，但在骨子里他是个平淡冲逸的人。这让我想起了另一个极品男人纳兰性德。纳兰这个人跟王维有着不少相通的地方，比如出身贵胄，年轻才俊，只是和王维无疾而终的结局相比，纳兰死于31岁时一场与朋友的欢饮之后，他实在受情缘之累太深。王维一共流传下来四百多首诗，涉及情爱的寥寥，即使是"红豆生南国"这样情深缱绻的句子，也写得清阔通彻，没有局限在狭窄的两性之间或自我经验，更没有纳兰那些连篇累牍的用情深厚沉溺之语。王维的妻子在他三十岁之前就去世，王维没有再娶，孤独不孤独不知道，总之他是一个人终老。我不相信是因为专情，假如说到深情不移，历朝诗人非纳兰莫属，这也没有妨碍他的一娶再续。感情的深浅与是否续弦根本不是一枚硬币的两面，在那个时代，是不相干的两回事。也许这个人的内心深处是不涉情欲的。

虽然，作为一个拿朝廷俸禄的官员，我不认为王维所为有多可取。既然食君禄，当然应该有所为。何况人生天地间，可以有所为而不为，实在免不了尸位素餐之憾。但是作为一个有才华的人，他是我欣赏的那一类，行为正常的才华横溢着，并没有伴随着才华的乖张怪癖，工诗善画，兼通音乐、书法，全能型才子；写"看花满眼泪，不共楚王言"有对女子的懂得与体贴；出身名门，受到良好而系统的教育，综合素质高；多金、低调，不为才华张扬也不为官爵张扬。唯一的污点是当年曾接受安禄山伪职，违背了当时的道德准则。但是，他在主观上没有背叛意图，客观上没有背叛行动，他是想逃没逃掉，想躲没躲得了，最后落到安禄山手里。你让他怎么办？学方孝孺吗？一家老小全部人头落地，灭到九族十族八百多口血流成河，居然还说：以此殉君兮抑又何求，呜乎哀哉兮庶不我求。这样的男人是可敬的，也是可怕的，因为有时候为了完美他的人生完善他的道德体系，他会不惜一切代价，包括舐亲人的血。所以王维的这一所谓污点在女人眼里不失可信赖之处。有钱有权有才有情趣的低调的体贴的俊美的身家干净的男人，是理所当然的"Mr.right"。

但是我也承认，这个几乎完美的"Mr.right"，触手，是冷的。

大唐繁华富丽的底色上，繁华与富丽是最耐污的底色，一眼之下被明晃晃金灿灿的视觉冲击刺成半盲，看不见里面的龌龊污浊，其实龌龊与污浊是繁华富丽的调味剂。王维不是濯清涟而不染的人，却是可以白衣飘举脱颖而出，不染尘埃。他的干净是骨子里的排斥，白色是最不耐污的，如果说免不了沾点什么，那也是"衣上犹沾佛院苔"。这反而让他的清洁有了信仰的光辉。

安意如形容王维：他的人好似谦谦君子兰花，花开一树，满院芳菲。这话像摆乌龙，我是没有见过满树的君子兰花，满树的桃花樱花紫荆花更能开成满院芳菲，不是那么高标的人生，也许更容易锦绣。

月下，樱花泛出洁白的光泽，犹如《指环王》中的圣白树。樱花不是以气息取胜，但是站久了，仿佛衣袂间也有暗香尽染。王维写：山路原无雨，空翠湿人衣。坐看苍苔色，欲上人衣来。树是绿的，青苔是绿的，树下待久了，青苔边坐久了，会有幻觉，其实世间种种欲望，有时候就是幻觉。还当真以为你的衣服是绿是空山翠是青苔碧啊。

只是一个人，为什么在山路上待这么久，在青苔边坐这么久，即使这样一个昳丽的仲春之夜，不凉吗？

唐朝夜色

　　夜班是比较磨人的差事。十二年前我做了三四年夜班，三年多前短暂地做过一段时间。现在又是夜班。人生不过是这样，沿着时间线走，某个片段的重复，更多是经历，仅仅是经历而已。花津路两边的栾树在春夜里静默，是陪我走过黉夜的路人。假如可以开口，他们的故事一定也有着段成式笔下的精彩。

　　段成式，写《酉阳杂俎》的唐人。近日读的《唐朝的黑夜》，傍的就是《酉阳杂俎》。《酉阳杂俎》，自带小报气质的晚唐笔记。《唐朝的黑夜》是解读本，原著用白话叙述一下，捎带一些自己的解读，有话则长无话则短，写的人读的人，都没啥压力。

　　段成式贵族出身，祖上是李世民的"凌烟阁二十四功臣"之一段志玄，母亲是宪宗时代铁腕宰相武元衡的女儿。段成式喜欢诡异之事，小时候随父入蜀生活，蜀地本就奇诡，为官后四处宦游，更是饱饱地搜罗了一肚子幽古志怪奇幻恐怖。段文字很好,据说骈文和李商隐、温庭筠齐名。这三位大佬在家都是排行第十六,时人呼之"文坛三十六"。官场一顿操作,晚年闲居襄阳,古人倦夜长,夜长话多,于是无数个漫漫长夜,段十六在唐朝隐秘的角落里笔耕不辍,写鬼故事。

大家都知道,有闲有钱有趣的人,做文字目的比较纯粹,也就容易好看。大家也知道,听鬼故事是会上瘾的。段成式的了得还在于,在唐朝,文学创作最高贵的是诗歌,填词等而下之。小说创作有失体面,鬼怪故事村夫野老野狐禅更是迹近下三烂了。卸任官员、贵族名门,孜孜于下三烂的鬼故事,段成式是个毋庸置疑的民间八卦爱好者,小道消息传播者,恐怖小说作者。我想到了斯蒂芬·金。

中国古代的恐怖奇幻小说,统称为"志怪笔记",始自先秦,盛于唐宋,明清不绝。巅峰是《酉阳杂俎》。《四库全书总目提要》认为《酉阳杂俎》是为唐以来"志怪笔记的翘楚"。鲁迅先生对中国小说见解颇深,对不入主流的《酉阳杂俎》评价颇高:此书或录秘书,或叙异事,仙佛人鬼,以至动植,弥不毕载,以类相聚,有如类书。鲁迅的某些小说也颇有暗夜气质。虽然之后有蒲留仙的《聊斋志异》、纪晓岚的《阅微草堂笔记》，其中的烟火人情，与人世间几无二致。不可知的某个世界，原来和我们置身的世界一模一样，人鬼同途也就罢了，人鬼还同悲欢共命运，情理是合的，只是没啥意思。

唐朝于我，盛唐的华丽和晚唐的黯淡，都是洒金的。无非是朱红底色的洒金和黑底洒金的不同。从李世民到独孤皇后，从房玄龄、杜如晦渐入佳境，武则天、太平公主、上官婉儿的蛾眉带霜，到杨玉环软玉温香，金沙金粉婆娑。段成式穿越黄昏，在世界轮廓开始模糊的逢魔时刻，摇着经幡，徐徐而进唐朝的暗夜和暗夜尽头黎明前的深渊。他的身后，跟着长长的孤魂野鬼幽灵。

也是讶异不已。唐朝，这匹厚重、华美的黼黻后面，竟然纠葛着这么多的幽怨、狠毒、惊恐。然而细想，大概也只有在唐朝，才会有百鬼夜行摇曳生姿，却不损其庄丽。仿佛武陵人贸贸然闯入时间的黑洞，瑰怪绚丽不可说，戛然而止不肯说，简直是余味无穷。

其实我们不能肯定一切皆虚妄，皆想象，皆是长夜无眠幻象丛生，可能虚妄仅仅是因为我们自身的无知。

有一晚夜班回家，一顿电话撤稿换稿，又返回单位，再回家，简直睡意全无。信手翻到《唐朝的黑夜》，十余年前的旧书，有种亲切感。像是在异乡看到一个似曾相识的背影，忍不住追过去一探究竟，就这样迢迢地追着那个十多年前的影子，直至晨光熹微。

吹灯窗更明，这也是多年都不曾有的事了。

红尘中，误了俺，五陵年少

夏深，读《水浒》。读到林冲这一段，蓦然寒彻。年年岁岁书相似，岁岁年年感受不同。

一直是欣赏林冲的，这个东京八十万禁军教头，本领高强，颜值伟岸，隐忍、坚韧，被命运的指关节揉面一样揉来揉去，不由得心生深深同情。捱到风雪山神庙，手刃仇人，"将葫芦里的冷酒都吃尽了"，大英雄终于冲冠一怒，简直要滚热地为之浮一大白。裴艳玲的《夜奔》中，林冲的唱词："红尘中，误了俺，五陵年少。"这里的林冲更符合大众心里对林冲的认定。儿女深情，英雄末路，傲骨铮铮，由不得热泪盈眶。

年轻的时候，太容易被激情蛊惑了。现在读《水浒》，越读越怀疑，林冲怎么算是个英雄呢？我们理想的英雄主义是一种精神风貌和意志品质，不甘落后、不愿平庸的人生态度。往往，英雄主义是有一种悲情色彩在里面。如孟子的"虽万千人吾往矣"，如罗曼·罗兰的"认清了生活的真相后依然热爱它"，如奥斯特洛夫斯基的"一个人的生命是应该这样度过的，当他回首往事的时候，他不会因虚度年华而悔恨，也不会因碌碌无为而羞耻"，如文天祥的"人生自古谁无死，留取丹青照汗青"，如岳飞的"三十功名尘与土，八千里路云和月"……

林冲都不是。林冲追求的生活，一直追求的生活是，好好做个枪棒教头，一步步踏踏实实往上走，被赏识被提拔，博取功名封妻荫子。这当然没有问题，每个人都可以计划自己的美好生活。但是，当这种计划被变化击得粉碎的时候，英雄应该有直面的勇气和承担的能力。

林冲没有。林冲一直忍让、退让，到退无可退，被陷害被充军发配前往沧州，临别之际，他给絮絮剖白会守着女儿等林冲服刑归来团聚的老丈人一纸休书，"任凭改嫁"。也就是说，为了规避高衙内后面可能对自己命运的干涉，他单方面退出，也就相当于将一只羊羔推出家门，赶进虎穴狼巢。在自身利益一再受损的情况下，他怕了，虽然他承认夫妻感情很好，妻子很贤惠，但是大难来临，他只能顾自己。我不知道他是不是早就后悔自己娶了这个漂亮的女人，红颜祸水惹上身。

这不符合我们以为的英雄的作为，甚至，不是个男子汉的作为。林冲娘子听到休妻的话，哭道："丈夫！我不曾有半些儿点污，如何把我休了？"她无辜、无助、无奈。刹那间美好的小家庭破碎了，丈夫发配远方，自己将独自面对强权逼迫，早就六神无主。休书又带来双重打击。一方面，没有了拒绝高衙内的唯一借口；另一方面，否定了林冲对于自己的情感，也"污了"林冲的大英雄形象。在此之前，林冲娘子对于自己嫁的男人是个大英雄不会有丝毫怀疑。

金圣叹对林冲的评价并不高："林冲自然是上上人物，写的只是太狠。看他算得到、熬得住、把得牢、做得彻，都使人怕。这般人在世上，定做得事业来，然琢削元气也不少。"林冲的行止，令人生畏。他谨慎小心，有分寸，有韧性，但是太算计，太务实，太无情。在厌女症重度患者施耐庵笔下，林冲娘子是罕见的一个美貌兼美好的女子。然而，当林冲的休书断绝了唯一可能的退路，她也只有死一条出路。虽然后来，林冲火并王伦，随同晁盖坐稳梁山，想起妻子，派人去接，得知高太尉逼婚，半年前娘子自缢，岳父也染病身故。"林冲听闻此言，潸然泪下，自此也就断了念想。"他也不是不顾她，他只是先要顾自己。我们不能指责他，却也不能不怨恨他。

这篇有怨妇的口吻，格局低了。拘泥于儿女私情，耿耿于尺短寸长，实在有些拎不上台面。只是林冲的自私渐渐在意料之中，林冲娘子的自尽早在意料之中，等看到第五十七回，鲁智深与林冲在梁山见面，鲁智深问林冲："洒家自与教头别后，无日不念阿嫂，近来有信息否？"此一番局外人的热心肠，不由得人悲从中来，鲁智深这样眼里揉不得沙子的汉子，无日不念的阿嫂，早就灰飞烟灭了。

他的好兄弟林冲，添了把火。五陵年少，其实误了多少朱颜青鬓。恨恨。

休 休

秋深了,稻子金黄,菊花金黄,顺理成章地想到"人比黄花瘦"这一句。想到赵明诚不服气老婆李清照在诗词界的名气,一口气填了几首词打擂台,把李清照的这首也夹在里面,请方家一断妍媸。结果大家都知道了,李清照四两拨千斤。其实赵明诚也是年轻气盛,李清照这词写得再相思蚀骨,还不是想你吗?你这吃得哪门子干醋?

李清照写了很多闺怨词,作为著名的赵明诚夫人,无一例外是写给赵明诚的。"休休,这回去也,千万遍《阳关》,也则难留。"这一句是李清照早期作品《凤凰台上忆吹箫》,算了吧,算了吧,这回他要走了,就是唱一万遍《阳关曲》,也是留不住他的。我特别喜欢"休休"这两个字,算了吧,算了吧。《论语》里也有类似的一句:"已而已而!今之从政者殆矣。"这是楚国一个叫接舆的狂人经过孔子的车辆唱的歌,意思是算了吧,算了吧,那些当局者岌岌可危。已而已而,没有休休简洁琅琅。其时李清照和赵明诚婚后闲居乡下,年轻夫妻你写诗来我填词,共淘古董共把玩,可劲儿撒狗粮。到赵明诚出来做官,乍乍分离,李清照满心春闺寂寞的惆怅与相思。以前的女人,除了家务儿女,没有什么发展空间,分别当然是人生一件大事。咀嚼再三再四。

赵明诚不在家,李清照还是很能给自己找乐子的。写诗填词文艺风,喝酒赌钱大姐大,是个热闹人。只是我觉得,人群里最闹腾的那个人,也许是心里最寂寞的。如《红楼梦》中的史湘云,一到大观园立刻就欢实起来,持螯醉酒醅眠芍药榻,穿男装吃鹿肉雪地里撒欢,这个失去父母家人的女孩子日常仰仗叔伯鼻息,孤苦憋屈,不得不装出一副豁达满不在乎样。黛玉姑娘也是,只是她早早勘透了,既然聚了还是要散,再热闹也要归于冷清,那时的冷清更不可忍,不如不聚从来不曾热闹的好。像李清照这样一个文艺女性,内心深处敏感苍凉,柔肠一寸愁千缕。幸而她的胸襟阔达会玩会消遣,才不至于如同时代的朱淑真者一味沉溺不能自拔。

人生其实是经不起掂量的。就像我们编辑看稿子一样,抖几抖,拧一拧,抖尽拧干,剩不了几斤几两。有句金句："所有的人设都会崩掉。"不管是经纪团队的人设还是吃瓜群众的人设,眼见他起高楼,眼见他楼塌了。只要你有耐心。

李清照和赵明诚,也是被人设架空了的一对儿。一个是才华早显的大家闺秀,一个是名满京城的世家公子。年貌相当志同道合,没理由不琴瑟和谐。可是,鞋子合不合脚只有自己知道,再说,穿久了,再合脚的鞋子也提拉不上后跟。婚后不久,父亲身陷囹圄,夫家见死不救,李清照伤心之余写下"炙手可热心可寒";又过了几年,沦为阶下囚的是赵家……风云变幻,覆巢之下的小家庭也随之动荡。还有夫妻之间的芥蒂,比如一离开李清照的眼皮,赵明诚立马纳了几个妾,不是说他不能娶妾,就是这个点踩得别扭,直接踩到鸡眼上了。比如李清照没有生育,在当时这个理由足够被休回夫家,等等。我不是唱衰这一对,只是觉得不要神化他们,天天鸡毛蒜皮,哪有什么神仙眷属。你真是想多了。

多年后,李清照为当年夫妻合力所作《金石录》写后记,写与赵明诚生离死别:"舍舟坐岸上,葛衣岸巾,精神如虎,目光烂烂射人,望舟中告别。"以写下"生当作人杰,死亦为鬼雄"的李清照的胸襟，对于缺少家国担当的赵明诚是多有不屑的，但是这一句"目光烂烂射人"，我觉得她还是眷恋他的，生活需要苟且，因为还要生活下去。

这，也就够了。

再后来，赵明诚病倒，李清照赶去，已经无力回天；再后来，李清照带了几车子金石文物，追赶着北宋皇帝的逃难队伍；再后来，李清照识人不明上了张汝舟的当；再后来，金石字画看看散尽，鬓也星星也，帘儿底下听人笑语……到了这个时候，后来有什么呢？咸鱼翻身粪堆发热？咸鱼翻身还是咸鱼，粪堆发热还是粪堆。

这是多泄气的人，连后来也不肯相信了。不肯相信也得相信，我们不能没有后来。后来，给出了一个比心灵还要宽广的舞台，后来，给出了比时间还要漫长的天桥，让我们可能清洗前面的软弱空虚忧伤，让我们能够相信自己，有朝一日在跋扈的命运面前，打捞一个人的宿命。能吗？有后来，就有可能。

秋深了，无边落木萧萧下，不尽长江滚滚来，后浪前浪，代代相承。休休。算了吧，算了吧，后来会有的，不过是不是你的，那就难说了。

满纸荒唐言

　　仲夏，先是梅雨绵绵，接着就会溽热难忍。惯例，翻出《红楼梦》，连我都觉得这个习惯有点古怪。究其缘由，大概因为不知不觉好几年是这样，隐形强迫症患者觉得有责任有义务将这个爱好坚持下去。

　　也是不服气，那么多人将《红楼梦》当宝藏挖，挖出各种宝贝，偏我什么也挖不到，只好没事踩两脚，沾点泥巴星子也好。

　　记得我小时候，越剧电影《红楼梦》放映，王文娟的林黛玉、徐玉兰的贾宝玉成了万众偶像。那时候电影院离我家不过几步路，连着几天捧着饭碗坐在门口望着人跟潮水一样涌到电影院，再个个眼睛通红地出电影院。有人是从十几里外的长岗集赶来，有人是从几十里外的雍家镇赶来，路远当天回不去，索性住亲戚家，晚上又看一遍。对门汪大妈，一分钱能捏出水来的人，连着看了三遍，养了六个大儿大女，也看得心神不定，煮了好几天夹生饭。

老人家说《红楼梦》要看五遍才有发言权。以我的小见识，书看五十遍的也大有人在。不过外行看热闹，内行看门道。比如《新安晚报》的闫红，不见明艳动人的闫红好些年，但是不断看她的文字，尤其是写红楼人物的，看来《误读红楼》之后还有许多文章做。闫红之读《红楼梦》总是有很多独辟蹊径的见解，且能自圆其说。我以为这是解读的最高境界，无论你说得有多么旁门左道乃至危言耸听，只要能自圆其说，就算你狠。

闫红的解读比潘向黎的解读稳准狠，潘向黎虽然年长一些，于人情世故种种，却不如闫红的洞若观火，心思缜密，幽微精细。这个就跟鲁迅说的，"一部《红楼梦》，经学家看见《易》，道学家看见淫，才子看见缠绵，革命家看见排满，流言家看见宫闱秘事。"不同的人，文化选择是不同的。我前几天看了一篇顾城谈《红楼梦》，认为薛宝钗根本看不上贾宝玉，大为叹服。有人就有这个本事，能说服你。别管他是怎么说的，忽悠也是本事。

读了这些年的《红楼梦》，没有读出闫红、潘向黎的门道，我分析自己，对于人性的鞭辟入里，对于文字的分析能力差得远。这是天生的敏慧不够、悟性不够，也是后天书读得不够、思考不够。书读三遍，其义自见。如果不见，只有一个笨办法——再读。

我读《红楼梦》，指的是前八十回，后四十回实难下咽。其实和明清很多俚俗话本相比，这四十回的文字殊不算坏，曹公的调门子起得忒高了，任谁来接免不了荒腔走板。桃挂半空，高鹗跳起来也不行。

曹公说："满纸荒唐言，一把辛酸泪。都云作者痴，谁解其中味。"一肚子情绪，希望被读懂，文艺青年、中年、老年都有这个癖好，贾宝玉这样不靠谱的公子哥儿，还心心念念着黛玉。宝黛互证，互剖心迹。人总是希望有人理解，说的话，写的文，画的画，弹的琴，要有知音。长吁短叹：弦断有谁听？却不想一想理解了又如何，不理解又怎样？胡适写：你不能做我的诗，我不能做你的梦。人在这个世界上，总归是孤独的，免不了是孤独的，所谓的理解，也不过是自以为理解，或者是此一时的理解、彼一时又是不理解，说到底，还是算不得数当不得真。

而且，就是理解了又当如何？也不如何。你家门口的山，你还是要自己一锹一锹去挖；你家菜园地的凼，还是要你自己一粒一粒下种；你的人生，仍然要你一步一步地走，你不甘心他人代劳，也没有人能够代劳。

既然如此，荒唐不荒唐，辛酸不辛酸，自己心知肚明，也只是自己知道而已。苏珊·桑塔格说她写作不过是想握别人的手。孤独是知识分子永恒的心病。其实最终，我们所能得到的温暖和支持，不过是左手和右手的相逢，不能期待更多。

浮生一刻，不知所云，我自己跟自己握了握手。

旧日红

　　在书店一角看见了《板桥杂记》,还以为和《板桥书话》一样是郑板桥的东西,贻笑大方了。是清人余怀的晚年忆旧,书做得清淡,我喜欢的一类。

　　明末,山河破碎,人世飘摇。一群意气风发、才调绝伦的翩翩浊世佳公子与众多才色出世、更不乏旷世风骨的青楼女子唱和酬酢。令人倾心的不是才子佳人风流缱绻,而是乱世中的知己与知遇。张爱玲说乱世成全了白流苏和范柳原,那么在此之前的乱世也成了一次机会,成全了这样一段段传奇般的故事。那些风流才子,譬如冒辟疆、吴梅村、龚鼎孳,那些秀外慧中的佳人,譬如董小宛、顾横波、卞玉京,余怀的寥寥几笔白描,已是衣带飘飘,风神蚀骨。"张元,清瘦轻佻,临风飘举。"只8个字,一个骨感美女呼之欲出。难得的是余怀没有蔑视这些青楼女子,他给予了她们真正的尊重,而不像同时代的许多文人一边和她们狎游,一边用文字轻薄她们。也许这也反映了那个时代诸多文人的两面性吧，一面是道貌岸然的信奉孔孟之道、程朱理学，一面却又屈服于内心的需要。尤为难得的是，余怀还对某些禁锢女性的陋习表示了蔑视。比如在《中册·丽品》中，余怀写一个名叫顾喜的女子"双足不纤妍，人称顾大脚"，这样的女子在当时喜欢评头论足的文人中是颇受讥讽的，余怀却褒扬她"佳侠涵光"，很有盛唐诗人王维的风格，王维贵列高位，却十分赞成女子再嫁。这些观点在今天没有什么稀罕，放在斯时却有犯众怒之嫌。想想辜鸿铭，比余怀可晚生了两百年，还将女人的小脚推崇为国粹呢。可是看到余怀写的《董小宛》，心中戚戚。他写小宛禀质高洁，嫁给冒辟疆"事辟疆9年，年27，以劳瘁死。死时，辟疆作《影梅庵忆语》2400言哭之"。其实知道真相的人未免心里不舒服，董嫁冒完全是董一厢情愿，与自动献身无异。而《影梅庵忆语》虽托名哭董小宛，心心念念的却是红颜知己陈圆圆。想来不会是余怀不知情，更多的是藏了私心，不肯有污当年参与复明的同志吧。

历尽悲欢之后，"诸君皆埋骨青山，美人亦栖身黄土"。山河依旧，家园全非，昔日游嬉的同伴、红颜也已音容渺然。活到送走多数故人的年龄，应该是"历历前尘吾倦说"了,可是78岁老人的心还隐隐痛着,是风湿病那样不依不饶的痛,说到卧薪已经是有心无力,可是劫后的心没有死得透彻,对于残留的旧时月色就更加依依不舍了。在晚年隐居的吴门,老人将记忆中的点点滴滴连缀成文,美丽而败落的前尘往事又在记忆里演绎一回,水流花静中散发出的是悲凉的遗民情怀和岁月的沧桑孤寒。书很薄很薄,文字也多是短短的,十里秦淮的金沙银屑,晚明的残山剩水,胭脂泪难洗家国恨,歌舞地化作瓦砾场。3年后,即清康熙三十五年,余怀去世。

想起一首旧诗:几见芳菲露井东,闲情收入画图中;阿谁笑比香君血,崔护重迷旧日红。那么浓得化不开的往事就这样被岁月洗得惘惘了?

满船清梦，一枕星河

最近看唐浩明的《曾国藩》。从《红楼梦》到《曾国藩》，对于阅读心理是一次考验。虽然《红楼梦》也被誉为现实主义作品，残酷的现实不过时不时鬼魅一样冒个嘴脸，大观园的偎红倚翠、荣国府的纸醉金迷将残酷柔化了。即使最后"寒冬噎酸齑，雪夜围破毡"，还是有咸菜可以下饭，有破毡可以御寒，不是刀剑齐发血肉横飞的面对面。于曹雪芹而言，他一生中最美好的回忆，无论如何是要美图秀秀。这个在西山喝着薄粥回忆从前的知识分子，疼痛到了他这里，更多是心理的。

这和看《曾国藩》的感觉截然不同。真的一是杨柳岸、晓风残月、琵琶声歇；一是天公不语、血雨腥风、生灵涂炭。

历史走到晚清，已经油尽灯昏。张之洞、曾国藩、李鸿章一干人支撑起残山剩水。一度，关于这几位的解读文字特别多，褒贬也不一。和解读《红楼梦》不同，从雍正王朝时代曹家失势，到咸丰年间，中间隔了乾隆、嘉庆、道光三朝，拢共也就120年不到，之后却是急转直下的雪崩，时势翻局如翻书。几十年宦海起伏，几十年硝烟滚滚，几十年毁誉重重，曾国藩一路闪转腾挪，一路建功立业，也一路矢志不改："而困而知，而勉而行。"

挽既倒之狂澜托将倾之大厦，明知不可为而为之，是自孔子始儒家思想里一根铮铮傲骨。曾国藩从耕读缙绅之家科举而开始暮登天子堂，倥偬之中，留下一部日记、一部家书被尊为圭臬，开创湘乡文派，创办赫赫声名的湘军，并振臂而呼，倡导洋务运动。种种努力，让摇摇欲坠的清朝又苟延残喘数十年。

唐浩明以故事与史实齐头并进的笔法，一边是晚清官场，一边是曾国藩心路起伏。比二月河，唐浩明的高明在于，故事也罢演绎也罢，都有时人记录为佐证，此言不虚。湘人刘绪义也有一本解读曾国藩的书《历史给谁来酿酒——刘绪义品读曾国藩》，摘取曾的一生重要事件以及交往的主要人物敷衍成书，不是小说，不是历史，也不是历史小说，而是一家之言的解读。说实话，读了唐浩明的曾国藩，读刘绪义的，觉得刘老师实在有点儿投机取巧。若干年前我买过刘老师写魏晋南北朝人物的书，看来走的都是这个路数。

可以圈点的是这本书名《历史给谁来酿酒》，易中天说"历史是可以用来酿酒的"。与胡适所言历史是个任人打扮的小姑娘相比，我更赞同这个比喻。小姑娘不管怎么打扮，多少还是有可爱的地方。酒就不一样了，好酒劣酒假酒不一而足。当然也有酿造失败，有一个促狭对联说的：酿酒缸缸好造醋坛坛酸。断的好，是酿酒缸缸好，造醋坛坛酸。断的不好就是，酿酒缸缸好造醋、坛坛酸。这也是看历史的莫衷一是、妙趣横生之处。是历史的不得已处，也是写历史的人猖狂处。元末唐温如有一首诗《题龙阳县青草湖》：西风吹老洞庭波，一夜湘君白发多。醉后不知天在水，满船清梦压星河。据说唐温如此人无迹可查，仅此一诗作证。八百里洞庭之上，当年的湘军头子曾国藩舟船络绎，不知道可有一夕如唐温如，缝补着晚清的山残水破，不禁酒入愁肠，醉眼蒙眬之际，看水与天，船与星，梦与醒，俱不真切，俱是似梦似醒，也俱是酒醉心明。

只是曾国藩不好酒，据说他的业余爱好一是下围棋，一是抽水烟。一直想把这爱好戒掉，后来终于把水烟戒掉了，围棋一直在下。

后人形容曾国藩的努力于晚清局面是小马拉大车。终有拉不动的一天，以圣人的高度自我期许的曾国藩形容自己"败叶满山，全无归宿。老大徒伤，不胜惶恐惭赧"。名儒、名将、名相、贤兄、良师、益友、霸道领袖、血性男儿、中兴功臣、理学宗师，在世人眼中实现三不朽的人"手执笔而如颤，口欲言而不能出声"，恨恨以终。

满船清梦，一枕星河，犹如南柯。人生真是局促得紧。

第二辑　书边岁月

告诉我，哪里不冷

二十世纪三十年代末，帕斯捷尔纳克来到巴黎，见到通信十余年、在信笺中无数次拥抱亲吻的茨维塔耶娃，帕斯捷尔纳克将切肤之感告诉茨维塔耶娃：别回俄罗斯，那里太冷，到处都在刮穿堂风。

当时的茨维塔耶娃一定不以为然，因为在巴黎，她也深陷风霜：自从1922年投奔在柏林读书的丈夫，开始悲惨的流亡生活，她的经济是窘迫的，总是举债度日；她在俄罗斯侨民中是孤立的，被排挤的；她的婚姻也是名存实亡的，而心灵的交融对于女诗人又是如此重要。她孤独，且寒冷。

曾经，茨维塔耶娃是幸福的。她出生在莫斯科知识分子家庭，母亲是音乐家，父亲是大学教授、博物馆长，普希金纪念像下成长的经历为她的心灵插上浪漫主义翅膀。她写了很多才华横溢的诗歌，18岁出版第一本诗集，展现出语言天赋和诗歌天赋；她爱过很多人，男人女人，甚至夜以继日地在书信中与里尔克和帕斯捷尔纳克倾诉心声，一个多么饱满的女人，借文字就能展开柏拉图式的热恋。她经历着筚路蓝缕的人生，在结束了温暖明亮被艺术环抱的童年之后，茨维塔耶娃渐渐落入穷愁潦倒并且终其一生也没有摆脱的困境。她甚至无法养活自己的孩子，不得不将小女儿送到育婴院，不得不面对孩子悲惨饿死的惨状。和诗歌的高亢与热烈不同，茨维塔耶娃的人生，泥泞得拔不出脚来。可是跋涉在这样的泥泞中，女诗人依然会写："我想和你一起生活，在某个小镇、在一个漫长无尽的黄昏、和不绝如缕的钟声中……""今夜我形单影只，一个失眠、流浪的修女！今夜我有很多钥匙，城中所有的大门都能开启……"这个苗条的有一双诚实的大眼睛的金发女子，还在燃烧，还能燃烧，不需氧气不需要温度就能燃烧。我几乎相信，无论深陷何种艰难，她的灵魂依然不羁地歌唱，她几乎只依靠爱情和诗歌就能眼睛闪亮双颊绯红地歌唱。

直到现实冰冷的锋刃切开自己的肌肤，流出滚烫的鲜血。也许，她等待刀尖已经很久了。

不是不相信帕斯捷尔纳克的话，可是种种的不由自主，些许的心存侥幸，还有无法割断的牵挂，在流亡 17 年之后，1939 年，茨维塔耶娃回到祖国。冷风立刻席卷了她的生命，最后，在荒凉的也拉布加，49 岁的茨维塔耶娃将自己悬挂在房梁上。就像她自己所说："我对一生中所有的事物都是以诀别，而不是以相逢，以决裂，而不是会合，不是为了生，而是为了死才爱上并爱下去的。"她爱的祖国，她炽热歌唱的祖国不爱她。她爱得激情，她炽热歌唱的爱情舍弃了她。我们的女诗人，不愿拥抱不爱她的人。她死于寒冷的俄罗斯，死于彻骨的绝望。

只是，哪里不冷呢？她的祖国从不曾温暖她，她的爱情也不再温暖她，她连自己都无法温暖自己，她拼命地抱紧自己，直到将自己窒息。只有将自己窒息。

我喜欢茨维塔耶娃一首俏皮的爱情诗《嫉妒的尝试》，怼前任，尖酸刻薄、阴阳怪气，简直不是我们所认识的茨维塔耶娃，但是所有的骄傲与自尊，不屑与嘲笑，却在最后几句中泛出一层亮亮的泪光："你幸福吗？不？在一个浅水洼里——你如何生活，我亲爱的。这是否艰难得如我与另一个男人在一起一样？"我爱你，我无法忘了你，我不能失去你。

　　而我，终于失去了你。俄罗斯的"白银时代"终于失去了茨维塔耶娃，这个疯狂逐爱的诗人，代言激情的女子。痛，是要很多年之后才被深深感知的。

在邮票大的地方建立乌托邦

福克纳出生于十九世纪末美国密西西比望族，支配家族影响力的人是福克纳曾祖父，融种植园主、军人、政治家、作家于一身。福克纳9岁就有一句口头禅："我要像曾祖父那样当个作家。"

证明福克纳没有吹牛是二十年后，首部长篇《士兵的报酬》正式出版。这也擦不掉福克纳爱吹牛的历史，比如他二十岁离开家乡参军，瘸着腿回来，说自己在战场上被德国人打伤了。事实是，瘦小的福克纳连体检第一关都没过。谎言总有昭白的时候，福克纳并不在意，他说世上所有的作家都是从撒谎开始写作的。福克纳还爱喝酒，从15岁开始喝了一辈子，喝到醉醺醺站在诺贝尔文学奖的领奖台上。喝酒误事，比如喝多了躺在暖气片上烫伤到植皮，可是酒精在一定程度上也成全了福克纳。酒醉的快乐姑且不言，如果没有酒精，很难想象他的意识流，他的多角度叙事，他在邮票大的地方建立了约克纳帕塔法王国。福克纳说："从《沙多里斯》开始,我发现我那邮票般大小的故乡很值得写,而且不论我多长寿也不可能把它写完。"说实话,清醒的人干不了这事儿。

福克纳一生共创作19部长篇120多部短篇,其中15部长篇以及为数众多的短篇故事发生地都是以家乡密西西比奥克斯福为原型虚构的约克纳帕塔法,由此命名的"约克纳帕塔法世系"是世界文学史上著名的虚构地之一。小说家的故乡一定意义上说都是乌托邦,无论福克纳的约克纳帕塔法、马尔克斯的马贡多、奈保尔的米格尔大街、杜拉斯的湄公河岸、萧红的呼兰河、沈从文的湘西……一旦把现实的地域变成小说中的故乡,这个文学的故乡,比现实的故乡更有生命力,没有什么比虚构更能抵达真实。小说家是说谎者,真实在此有着无数种形式。

福克纳的传记作者达维德·敏特认为福克纳比同时代任何一个美国作家都更具有一个地区的乡土性,他把福克纳叫作我们伟大的乡下人。可是和大多数人对于故乡的深情款款如此不同,《喧哗与骚动》《我弥留之际》《八月之光》《押沙龙,押沙龙!》《野棕榈》《去吧,摩西》,这个伟大的乡下人在小说中冷漠得像个杀手，轻浮得像个花花公子，而且缺乏道德感，很强大很蛮横。

莫言说福克纳教给他一种对世界的奇妙的感觉方式；余华则以福克纳为师傅，师傅传给他一招绝活：如何去对付心理描写。福克纳最为著名的长篇是《喧哗与骚动》，以四个人的视角讲述一个故事。这种多视角的创作方法，动用一切感官将文字呈现出来，以视觉写听觉，以嗅觉写视觉，与乔伊斯、伍尔芙遥相呼应，也和乔伊斯、伍尔芙一样强烈地刺激了国内固守多年的比较单一的传统叙事手法，开启了中国作家的意识流。所以国内文坛一直有一个观点，到目前为止，中国未曾出现一个真正的意识流作家。拷贝不作数。

拷贝福克纳的意识流，也不由自主要拷贝他的语言风格，因为太有个性，太奇特，我们以为形似是达到神似的捷径。通常来说，每个作家，都有自己的选词用句以及文字组合习惯，尤其是成熟度较高的作家，有一种人会执意于偏离传统的句法结构，让文体打上专属烙印。福克纳的"马拉松句子"可苦了译者了，也苦了那些模仿他的后来者。真不是所有人都能驾驭长及整段的句子，能力稍逊，容易搞成为露脸而露了腚。

福克纳有句名言：真正的作家谁也阻挡不了。多角度去读这句话：可以理解成真正的作家，并不在乎别人的说法、看法，只受自己内心驱使；也可以理解成真正的作家，自带羽翼，不被束缚无法扼杀；当然还可以理解成，如果你不是真正的作家，你写得再多也没有用。

真正的作家，即使他只有一个邮票大的地方，也会建成自己的乌托邦。莫言受《喧哗与骚动》的蛊惑，跃跃欲试去创造一块属于自己的天地，后来山东高密东北乡落成。余华多年后到奥克斯福转了一圈，断言他师傅即使说奥克斯福像张邮票，还是在吹牛，因为奥克斯福比邮票还小。但是扎根于大地的人永世长存，这是对真正的作家而言，自带羽翼的人，飞翔或者栖息，都是自由的。

纳博科夫的奇幻森林

纳博科夫在接受记者采访时说："有名的是《洛丽塔》，不是我。"此言不虚，不是所有人都知道纳博科夫，但是我们都知道小萝莉的代言人洛丽塔。这个十二岁女孩为我们打开了纳博科夫这扇大门，走进一座文字的魔幻森林，开启一段奇幻之旅。唯一的苦恼或者甜蜜是无论走到哪里，都摆脱不了洛丽塔这个可爱的小妖精。很多作家都是这样，总有一个标志性的注脚，固然读者绕不开，著者也不能割裂，否则立刻就单薄成失去影子的纸片人。

纳博科夫不是。如果我们能绕开洛丽塔去读纳博科夫的话，这段魔幻之旅才刚刚开始。

比如，纳博科夫的流亡作家身份。以1917年俄国二月革命分界，之前的纳博科夫生活在一个显赫的贵族家庭，汽车豪宅，仆役成群，一次次的出国旅行，一次次的山野捕蝶，无疑是成就一个纨绔子弟的标配。18岁那年，纳博科夫一家离开俄国，前往克里米亚，接着是英国、德国、法国，流亡者四处为家，直到1940年，为躲避日益浓重的纳粹阴影，纳博科夫与犹太妻子维拉前往美国。虽然在欧洲生活期间，已经出版了多部小说、诗集、剧本，但是纳博科夫依然被称为俄裔美国作家。只是这位流亡作家的作品，并没有落魄贵族的怨气，也没有流亡作家的控诉，喷涌的失意和绝望，纳博科夫无法融入一种集体的对流亡苦痛的诉说，他沉迷于细节的营造，句子的锤炼，这种不肯面对的疏离、孤高与流亡作家们的氛围格格不入，他在二十世纪的风云中跌宕起伏，却始终远离政治。纳博科夫在功成名就的晚年承认自己是"非典型流亡者"，他不肯活在流亡的颠沛流离里，不肯活在父亲被刺杀的震惊里，不肯活在失去的痛苦里，他只活在被自己艺术化的生活中。

关于自己的俄罗斯时期，纳博科夫表达在唯一一部自传回忆录《说吧，记忆》中，是无忧无虑的童年以及青少年时光，在欲语还休的笔触下流淌出明亮的淡金色。这淡金色照亮了他后来的写作，即使是在困窘的生活状态中，纳博科夫也没有沮丧过。1925年第一部长篇小说《玛丽》完成，纳博科夫说这是一部流亡生活的小说，他所谓的流亡，是对往昔情人的回忆。美好的回忆掩盖着当时他与妻子的仓皇流离，回忆的温暖与现实的寒冷，回忆的明亮与现实的晦暗，回忆的斑斓与现实的苍白相互呈现。而文笔的晦涩与瑰丽，破碎与完整，抒情与内省混淆在一起，又脉络清晰，纳博科夫把抑郁写得那么清晰，把疯狂写得那么优雅，把怪异写得那么精致，他的美是繁复的，就像纳博科夫的传记作家博伊德所说："在一个极简主义艺术勃兴的时代，纳博科夫是一个极繁主义者。"

这种极繁，是蝴蝶翅膀的繁复映丽。纳博科夫的注脚，还有一个是著名的蝶类专家，这个爱好从少年时代开始并贯穿一生。纳博科夫认为，蝴蝶在形状或图案上的模仿特征，其精微、繁复，乃至近乎奢华的程度，已经远远超过了求生的实际需要。以科学家的热情和艺术家的精细，实现对于美的感悟与模仿，以及创造，是纳博科夫品位独特的文笔与对蝴蝶的认知之间的联系：蝴蝶一样华美的表象，蝴蝶一样飘忽的感觉，和蝴蝶一样眼花缭乱的诱惑。

我很喜欢纳博科夫晚年的一张照片：一个身体壮阔的老人，穿着西装短裤，戴着帽子，举着捕蝶器在田野中专注地寻找。这个时候的纳博科夫，已经凭借《洛丽塔》所获得的巨大成功，有足够的金钱回到欧洲，过更加自我的生活：写作、捕蝶，或者是国际象棋，纳博科夫还酷爱国际象棋。

流亡贵族、捕蝶者、国际象棋，专注于自我内心的作家，纳博科夫说："使小说不朽的不是它的社会重要意义，而是它的艺术，只有它的艺术。"形式比内容重要？在纳博科夫这里显然是肯定的，这让他很另类。就像止庵所说："纳博科夫不能接受通用标准，若以他为标准，则整部文学史就要重写了。"纳博科夫是文学史中绮丽的篇章，但是他又不肯属于任何一个章节。一枚蝴蝶，可能逗留在任何一章，也可能飞离任何一章。毕竟，童年时期即使用三种语言、多国度的生活所形成的经历背景和语言背景，纳博科夫从来不为某一地域或语种所局限，他的创作与思想，更为广泛和超脱。

读到这里，读的是不是真正的纳博科夫我也混乱了，有的作品能轻易毁灭阅读者的自信。关于纳博科夫，还有一件事我如鲠在喉，国内读者接触到纳博科夫，缘起于《洛丽塔》，这是一部被作为情色的甚至乱伦作品来推介的小说。虽然此类小说从古希腊的俄狄浦斯王开始就一发不可收拾，但是像纳博科夫这样写得人"痛得跳起来"毕竟太少。仅就此，我们的读者将《洛丽塔》当脸红心跳想入非非的堕落作品看待，纯属误读。

只是人是多么愿意一厢情愿地误读。迄今为止，我们有多少版本的《洛丽塔》？多少译者多少读者一厢情愿地觊觎着一个中年男子的欲望和一个少女的鲜美？甚至用一个恶俗的《一树梨花压海棠》来宣泄我们的庸俗。

你看，说要绕开洛丽塔谈纳博科夫，结果还是没能绕开。在纳博科夫这座奇幻森林里，我迷路了。

王尔德的鸡汤

早晨的雾有点大,车上的时间有点长,想起一个朋友岁末简笔,提到王尔德在《自深深处》中反反复复说的一句:恶大莫过于肤浅。

我也买过这本狱中书简《自深深处》,附送一张碟片,中英文朗诵。好几年那张碟片在我的车载CD里,一启动就听见一个充满磁性的男声诉说着自己的被侮辱与被伤害,抱怨自己脸面无存,控诉那个让他锒铛入狱的男子声影全无。

事情是这样。王尔德和年轻漂亮的波西过从甚密,波西的父亲将王尔德告上法庭,法庭判王尔德胜诉。这件事情本来已经结束了,但是波西和父亲关系恶劣,他怂恿王尔德上诉,事情就这样失控,王尔德搬起石头砸在自己脚上,因"有伤风化"被判入狱两年。这个傲娇的、优雅的人儿砰的一声从云端跌到沟里,而且是脸朝地。

痛定思痛,王尔德写下《自深深处》,他说"无论什么，了悟便是"。和我们一样，遇到点事就说看透了，哪有那么容易放下的人生。出狱之后，王尔德离开英国，寄身巴黎，尝试与妻子复合。但是，那个要命的波西一冒头，一切又失控。几个月后波西再度离开，王尔德于穷困潦倒中很快去世，他在精神上的死亡应该更早一些。

在英国作家拜厄特的《孩子们的书》中，有一段关于王尔德人生最后阶段的描述：高大挺拔，衣衫褴褛，长长的头发油乎乎的，尽管天气炎热，仍然裹着外套大衣。他的皮肤上满是发炎的红斑，试图用白粉或者奶油，或者同时用二者遮掩，均不成功。当他张开肉乎乎的嘴巴时会露出门牙掉落后遗留的黑洞，还没有装假牙。他凑近偶遇的陌生人，细声细气地对着他耳朵说，不得不临时借笔钱，他的存款已经非常有限，不够他的花销了。他站在那里散发着污浊不堪的恶臭……

那么时髦、那么体面的王尔德啊。

作为英国最伟大的作家与戏剧家之一，王尔德的人生是自带热搜体质的。谁不喜欢这个漂亮的聪明的有趣的优雅的英伦才子呢？虽然有点儿刻薄。据说他是被引用最多的英国作家，随口一句就是点击十万多的段子。

假如不是末了这一段。观众都觉得末了这一段是狗尾续貂。

直到今天，我也同感。我在《安徽商报》的专栏写过王尔德，标题是《他写了那么多聪明的段子，却依然没有过好这一生》，自以为这个标题很时髦。但是今天突然感到一阵愧疚，自觉到文字里的轻浮。我凭什么说他没有过好这一生呢？我有什么资格说他没有过好呢？我怎么知道他没有过好呢？所谓的过好又是什么？是将真实的自己锁在密室中，虚伪地维持着他人眼中的体面，还是继续穿着漂亮的衣裳说着刻薄的话？世俗意义上的功成名就才是成功，随波逐流的人生才是正常？

肤浅的是王尔德的追欢逐乐，还是我的人云亦云？

脚上的泡是走出来的。我们难道有资格嘲笑那些走出一脚燎泡的人？因为他们没有登上高峰？因为大多人停留在原地，聪明得没有迈出脚步？一个遵从内心呼唤而被社会摒弃的人，一个和命运奋力拼搏而没有取得最后胜利的人，是失败者还是英雄？

我不是给王尔德站队，那是另一个问题。我想，没有人可以嘲笑别人，所有的嘲笑都充满了狂妄和无知。虽然人不可能脱离社会、脱离他人存在于社会，不过人生说到底只是自己的人生，只需要向自己交代。

这个世上，没有人打了万年桩，一切都会烟消云散，如果最后能剩下点什么，也就是一些经历一些回忆。能够按照自己的选择度过这一生，我想就是成功。记住是选择不是想法，我们的想法太多了，我们的选择才直指内心，虽然一般我们会牺牲掉最真实的想法。这不是对与错，这是我们的肤浅，也是我们的真实。能有力量长久跟随我们的，左右我们的，不是我们的内心，不是花瓣，是刺，是让我们有切肤之感的东西。

太阳出来了，雾要散了。年轻时候蛊惑人心的迷雾迟早会在时间里散尽。总结一下，在不被蛊惑的年龄，人最擅长的是总结：一个人如果能够遵从内心的方向选择生活，那他就是成功的。有点鸡汤味儿。岁末，天这么冷，民间说一九一只鸡，王尔德已经先干为敬，我们也来一碗吧。

情　人

　　玛格丽特·杜拉斯的《情人》，薄薄一本，在厌倦之前已经读完，却也足够制造一个迷恋周期。杜拉斯曾经是阅读时尚，一度，如果你没有读过她的作品，简直就不好意思说自己是文学爱好者，那时候自诩文学爱好者是很高大上的。

　　那时候是 1992 年。电影《情人》公映，梁家辉的美臀和珍·玛奇没有抹匀的口红俘获了大屏幕下的观众。小说原作者杜拉斯特立独行的行为和文风也一并收割了众多文艺男女，在湄公河上游成为四十岁王小波的最爱，以及二十多岁的安妮宝贝的句号。后者文中直接提到杜拉斯的频率，以及充满句号的文本样式，都源于杜拉斯的深刻影响。

　　十五岁半，杜拉斯遇见了一个成年男子，这个来自中国北方的男子帮助她家渡过难关，也成为她的第一个情人。这是小说《情人》的原型，也是杜拉斯终其一生贴在身上的标签。她的《情人》，她的《抵挡太平洋的堤坝》,她的《广岛之恋》,她的《中国北方的情人》……有的人一生都在被童年治愈,而有的人,终其一生都在治愈童年。十五岁半,这个复杂而又敏感的童年尾声里,中国情人的闯入是一种拯救,也是一种情感的催化,此后66年,她以文字和身体,以酒精和激情,演绎着杜拉斯式的故事。

小说二十多年前读,不喜欢。现在读,还是不喜欢。潮湿闷热的小旅馆,电风扇嗡嗡转出热风,吹干的汗水紧紧贴在皮肤上,黏腻的气息钻进毛孔……这是我在《情人》里读到的欲望,爱情有时候和欲望是差不多的,但是多少还是应该有所区别吧?杜拉斯让我觉得混乱,我分明没有读到爱情,那不过是欲望的幻觉。虽然我和无数个当年的文艺女青年如今的文艺女中年一样被这句话整得五迷三道:"我已经老了,有一天,在一处公共场所的大厅里,有一个男人向我走来,他主动介绍自己,他对我说:'我认识你,永远记得你。那时候你还很年轻,人人都说你美,现在,我是特来告诉你,对我来说,我觉得现在的你比年轻的时候更美。那时你是年轻女人,与你那时的面貌相比,我更爱你现在备受摧残的面容。'"哦,天哪,我的备受摧残的容颜虽然凋谢，依然残存着花朵的气息和记忆，而那个走过来的男人，也许发际线后退，但是一定依然会有着梁家辉的清癯和儒雅，一定目光温存，一定不会像家里老王那样腆着肚腩一脸油腻。

这是一个文艺女中年最后的幻想，抑或幻觉。

杜拉斯的美貌在十五岁半之后加速度衰老。她说烈酒具有上帝也不具备的功能，甚至在酗酒之前，她已经有了酗酒的面孔。而十五岁半的杜拉斯，美丽且耽于逸乐。洛丽塔的容颜，像一枚早熟的开始散发出发酵的迷醉气息的葡萄，葡萄沾着白霜挂在藤蔓上，酗酒的人远远就嗅到了酒精的气息。因此，她站在湄公河畔，遇到了她的来自中国北方的情人。"那个男人看出我是美丽的，这个我也知道。从他故意不看我又忍不住侧身偷看的拘谨，我想我知道他喜欢我，毕竟我年轻漂亮，而且是个美丽的法国姑娘。"

杜拉斯自我挖掘的大段的自语独白塑造出独特的识别度很高的文字风格，像青春期那些四十五度角仰望的自以为是的爱情。个性鲜明且华美。《情人》的魅力还在于一种悲哀的绝望感，美丽少女和一个成年男子之间沉沦的绝望，法国小美人和母亲、哥哥之间人伦的绝望。有什么比一个十五岁半少女的绝望更令人心碎？绝望的气息像湄公河上的迷雾，无处不在而又无可救赎。可是这个小女孩不是我们以为的腼腆、含蓄、忧伤，甚至诗意，她承认她是厚颜无耻的，她是自私冷酷的。再也没有比一个美丽的性感的小女孩的冷酷与厚颜更让人着迷。

杜拉斯喝了一辈子酒，谈了一辈子恋爱，写了一辈子不同版本的情人，写小说写专栏写剧本，玩先锋拍电影搞戏剧，把一个文艺青年想干的事情都干了一遍，直到82岁在年轻情人陪伴下去世。她独特的文学魅力，她旺盛的精力，没完没了刺激着二十世纪八九十年代的年轻作家和年轻的文学爱好者，成为一代人的青春侵蚀。她说："即使在死后，我也能继续写作。"我相信。

作家，尤其是女性作家，比较通常的写作路线是以自身生命经验为重要的写作资源。杜拉斯即是。她的小说都带有强烈的自传色彩，即使虚构，也根植于真实的个人生活体验。写作应该是一种身与心的社会经验体会，所谓的我手写我心，至于心与身的距离，于写作而言，应该是同步的，否则就没有被写作的必要。同样，切肤之痛如果没有痛彻心扉，会很快好了伤疤忘了痛，这样的写作亦会沦为粗俗的令人尴尬的我手写我身。如二十世纪九十年代曾经流行过一阵"身体写作"。

我觉得不能让杜拉斯为"身体写作"背锅，路走偏了，可真不能怪鞋子。

蝴蝶梦

看翻拍的英剧《蝴蝶梦》。时间从1940年的希区柯克版推进到80年后的本·维特利版。和当年的隐忍、克制、晦暗相比,现代人表达感情真是直接和肉欲。我们活得越来越真实,越来越接近人的本能。

希区柯克的幽闭、恐慌,绝望的渲染能力,劳伦斯·奥利弗的抑郁、冷漠,不稳定感,琼·芳登的胆怯、脆弱,没有安全感,不可复制地构成了《蝴蝶梦》里持续性的不安与恐惧,也衬得莉莉·詹姆斯的无所顾忌和艾米·汉莫的明朗阳光是多么低级趣味。是的,现代人迷之自信,敢将任何经典都搞成流俗的爱情故事。文艺工作者们喜欢用爱情解决一切问题,不是他们相信爱情,是他们不知道相信什么。

达芙妮·杜穆里埃尔的小说和希区柯克的电影,《蝴蝶梦》有挥之不去的鬼魅气息。这气息越浓越能勾人。就像我们小时候听鬼故事,怕得要命又舍不得缺席。给庸俗不堪的有钱女人做女伴的年轻女子遇到英俊、年长,有一座大庄园的男人德文特,随即坠入爱河,迅速结为伉俪。幸福写在第一章,后面的故事势必一波三折。

新婚妻子跟随丈夫回到曼陀丽庄园,她发现庄园到处可见丈夫前妻吕蓓卡的影子,美丽、优雅、高贵的吕蓓卡,所有人都记得,所有人都喜欢。女管家、朋友、亲戚,甚至包括德文特,吕蓓卡在曼陀丽庄园里阴魂不散。完美的死人比完美的活人更加完美,因为她的完美已成定论,无法击破,也因为,活着的人无法叫板一个长眠的人。

但是随着一艘沉船浮上水面,船上发现吕蓓卡的尸体,事情变得越来越复杂。完美的女人,即使肉体消失了,她被腐蚀掉美貌的骷髅依然有颠倒众生的力量。

《蝴蝶梦》中,始终没有出现却贯穿始终的人物,是吕蓓卡。杜穆里埃尔成功塑造了一个没有出场的主角。美貌的吕蓓卡,风流的吕蓓卡,练达的吕蓓卡,光鲜的吕蓓卡,也是几乎被妖魔化的吕蓓卡。即使你不喜欢《蝴蝶梦》这种路子的小说,你也无法忘记这个女人。虽然,她的死并不被同情。

在年轻、贫穷，在世态炎凉中倔强、敏感、自尊，却仍然保持原则的"我"的眼里，一个拥有曼陀丽庄园的英俊男人，高贵且忧郁，难道不值得每一个女人去深爱吗？而吕蓓卡居然不爱，或者说不屑。吃瓜群众简直对她太失望了。

但是，回头看，德文特就那么值得爱吗？灰姑娘的王子或者国王，对于女王来说，可能只是菲利普式的亲王。她了解他，她信任他，她不会离开他，但是也不会崇拜他。崇拜这个东西，需要年轻和无知打底。

古老的庄园尊贵的血统，他是傲慢的，也是脆弱的，吕蓓卡给予他的打击，他无力招架，遑论回击，杀死吕蓓卡给予他的折磨和压力，一个被隐藏的拳头暴击到血肉模糊却无法疗伤的自我汩汩流血，日夜痛楚。在旅馆，隔着洗手间，脸上的剃须膏还没擦干净，德文特向"我"求婚：你愿意跟她去巴黎，还是跟我回曼陀丽。简单而志在必得。他四十二岁，阅历丰富；她二十二岁，单纯稚拙。他轻易看穿了她，他知道自己可以左右她。小说结尾，德文特说："经历过这些，我再也找不到原来那个什么也不懂的女孩了。"单纯、温顺的妻是他需要的，也许他是在吕蓓卡这样自我的女人跟前摔了个大跟头，对强势女人丧失信心。无论价值取向还是感情定位，德文特和吕蓓卡都是南辕北辙。他要做一个完全的支配者，这是吕蓓卡根本不愿配合的，她美貌非凡，擅长交际，见识广博，她在男人之中如鱼得水，她独自驾船出海，独自面对死亡，德文特视如生命的家族荣誉和贵族体面在她眼里一文不值。这样的女人，不要说臣服，能够与她并驾齐驱的男人也是寥寥。《蝴蝶梦》中，无论是怯怯的"我"，还是游魂一样的德文特，都不如一个死了的吕蓓卡生机勃勃。

如果不用爱情故事的眼光看《蝴蝶梦》，要心平气和得多。德文特不过在吕蓓卡这样一个他无力招架的女人这里失手，想在一个能完全被他掌控的女人这里找到男人的尊严。虽然小说最后，德文特说了爱她，但是就像他亲口承认他从未爱过吕蓓卡一样，他的爱与不爱没有任何说服力，只是杜穆里埃尔夫人给"我"一个交代。他没法爱"我"，他没法爱任何人了。因为他爱过吕蓓卡，她像吸血鬼一样把他的情感全部掏空了。说真的，"我"讨厌吕蓓卡，也不得不佩服这个女人。

吕蓓卡呢？吕蓓卡谁都不爱。这世上如果有人可以不爱任何人照样活得兴致勃勃的话，只能是吕蓓卡。其实一个人，无论男女，都要有谁也不爱谁也不依赖但是依然活得充满自信的能力，即使不自信，也要自我感觉良好。就这一点来说，我是支持吕蓓卡的。

队列之末

　　因为《蝴蝶梦》中曼陀丽庄园阴魂不散的吕蓓卡，想到了另一部英国小说《队列之末》的女主角西尔维娅。西尔维娅没有吕蓓卡强悍，但是这两个同样美丽的英国女人，在情感世界里也有着同样的桀骜不驯。

　　《队列之末》是福特·马多斯·福特的作品。福特参加过一战，1916年受伤后回到英国，先后出版了四部小说：《有的人没有》《再无队列》《挺身而立》《最后一岗》，后集结成《队列之末》出版。

　　一战是挥之不去的阴影，也是不可或缺的背景。克里斯是信仰骑士时代传统道德的贵族绅士，西尔维娅则是典型的交际花，意外怀孕让她急抓接盘侠，克里斯一次失足终生买单，两人结婚。水性杨花的西尔维娅故态复萌绯闻不断，克里斯邂逅现代女性瓦伦丁渐渐倾心，但是他宁肯选择在婚姻中备受折磨。一战爆发，克里斯参军，危机并没有藉此度过，反而愈演愈烈，最终不可收拾。

从一开始谁都看出这是一段错误的婚姻，克里斯和西尔维娅是完全不同的两种人，就像克里斯和瓦伦丁也曾经是完全不同的两种人一样。一个隐忍，坚持原则到冥顽固执，一个放荡，向往自由到离经叛道，他们的婚姻是一次露水之欢的后果。而以新女性形象出现的瓦伦丁小姐清新独立。如果克里斯没有经历过西尔维娅这样的女人，很难想象瓦伦丁会在他的心里扎下根来。当你的生活被一个风流成性的女人搞得浊浪排空、泥沙俱下的时候，对于一个坚定、勇敢、理性的小清新，会有焕然一新的印象。与其说这是三人关系的纠葛，不如说是不同人生观的冲撞。每个人都被自己的欲望或者原则所纠缠，成了一种不见刀光的厮杀与博弈。

我说吕蓓卡让我想起西尔维娅，她们的共通之处在于她们的锐利的美，她们的自信到任性，她们热衷于寻欢作乐，不顾一切满不在乎，西尔维娅比吕蓓卡更加肆无忌惮，即使她已为人母。但是和吕蓓卡在情感空间的独立完整不同，西尔维娅是爱的，需要爱与被爱的情感支撑。她爱着情人皮特，后来她也尝试去爱"大英帝国最后一个正人君子"克里斯，虽然她觉得丈夫就是一块没有血的木头。

她在不是正人君子的男人那里翻云覆雨，享受了快乐，也承受了后果，最终还是想回到丈夫身边，何况，这个成熟、庄重的男人和那些灯红酒绿里寻欢的男人是那么不一样。但是有时候爱情就是插错了的耳机，即使你已经将声音调到最大音量，对方听不到一点声音。克里斯愿意承担后果，在众人的反对中和西尔维娅结婚，勉力维护妻子的名声，并不证明他爱她，他只是有着自己一套完整的、密不透风的原则，他按照自己的原则做事，他不爱她，他不在乎她，他漠视她、无视她、蔑视她。很难说，为了挽救自己不至于名誉扫地随手勾搭上的冤大头对西尔维娅来说到底是幸事还是倒霉事。他和她不在同一个轨道，她玩够了，是想并轨的，他不想，他不肯原谅她，也不离婚，不管她是跑、跳、爬，他走他的。

但是就跟西尔维娅的爱得不到谅解与呼应一样，克里斯恪守的一切也是得不到呼应的。他坚守的高贵与正直已经被时代摒弃，他秉持的价值观道德感已经走到穷途末路。从这一点来说，最悲哀的是谁，很难说。

《队列之末》英文名"*Parade's end*"。此"队列（Parade）"代指的其实是时代，所谓站在队列之末实为站在时代的末端,主人公就是站在时代末端守护十八世纪时代精神和灵魂信仰的最后一个人,他的上司、钟爱他才能的将军向他戳破他妻子曾经私奔的传言,问他为什么还为之隐瞒,克里斯犹豫良久,说:"一个丈夫还能怎么做? 你难道不知道有一种东西叫做'Parade'。"克里斯相信有种东西叫"Parade":应有的光荣、得体。

《队列之末》从爱德华时代一直写到一战后,让我想起伊夫林·沃讲述二十世纪三十年代伦敦近郊一个天主教家庭命运浮沉的《故园风雨后》,想到《长日留痕》,想到《霍华德庄园》,想到奥斯丁、勃朗特姐妹、盖斯凯尔夫人、弥尔顿、哈代……木心说俄罗斯文学像一床厚棉被,而一个莎士比亚足可以使英国亡不了国。我喜欢英国文学,从莎士比亚到《指环王》到哈利·波特,他们理性、克制、保守,又庄重、典雅、热烈,正合我心。

子夜,大雾,莎翁的诗,克里斯和瓦伦丁炉边对话,隐忍的情感以及心灵的交汇。最后他们在一起,感谢BBC,到此"END"。如果跟着福特的笔走下去,悲剧、悲剧,依然是个悲剧,即使他们在一起。他们在一起的悲剧,才是彻底的无法拯救的悲剧。

真正的"Parade"不会再有了。古典时代彻底终结了。让我们，躲在英国文学里度过这个春日最后的料峭吧。

名利场

威廉·萨克雷是维多利亚时代具有代表性的作家，比肩狄更斯。1847年《简·爱》出版，轰动一时，也招致同等攻击。关键时刻萨克雷给文坛新手夏洛特·勃朗特站台，说《简·爱》是"一位伟大天才的杰作"。出于感激，也是对萨克雷的敬意，夏洛蒂将《简·爱》第二版献给了萨克雷先生。

萨克雷代表作是《名利场》。女性作者的文字和男性作者的文字，尤其是小说，给我最直观的区别是，你总能在女人的文字里找到作者本人，但是你未必能那么容易在男人的文字里找到该人。至少以萨克雷的冷眼与冷言，即使有他自己，那也是一个被剥离了肉身的精神存在。

《名利场》，是女子版的《红与黑》，匹敌于连的女人，就是蓓基。处心积虑不惜代价实现阶级跨越——投入奢华的上流社会。

然而，这有什么错吗？让我们尊敬的萨克雷先生喋喋不休地说了六七百页。

蓓基是女主人公丽贝卡的昵称，只是生活没有亲昵这个穷人家的女孩子，如果她不想办法，她的未来就是做个家庭女教师，或者舞女，或者更底层。自食其力没有什么不好，其实靠才华靠脸蛋不管靠啥都是自食其力。蓓基靠慈善被寄托在女子学校，自小就受到校长的区别对待，在她心中，道德、善良和爱都可以丢开，她唯一的目标是生存，向上爬，爬到最高峰。

寄宿学校女生的最高峰也不是什么金字塔顶，开始她只是想嫁给中产阶级男人乔斯，虽然他臃肿肥胖好吃懒做，好歹有固定的地方住下，能吃到羊肉，喝上不羼水的酒。这个愿望很务实很卑微。她极力取悦乔斯，在没有如愿后她选了看上去可能继承大笔遗产的公子哥儿罗登，迅速秘密地结婚了。命运在这里调戏了蓓基，命运总是调戏那些不甘心认命的人。罗登有钱的老爸居然向蓓基求婚。如果能嫁给他，有钱又有爵士夫人的名分，简直太好了，谁能预知这老头子的女人那么快会死掉？蓓基流出真诚的眼泪，她痛失了一个绝好的机会。

我们都为她惋惜。

好在蓓基不是个只会哀叹命运的人，她是个目标明确、奋勇直前的厉害姑娘。她知道罗登是个满嘴脏话的花花公子，可是她不在乎，她需要的是丈夫家族的名望，靠着这些，加上聪明才智，她牢牢抓住每一个机会，削尖了脑袋钻进维多利亚时代的上流社会，终于成为一颗光芒四射的交际明星，甚至觐见了国王。她的发迹历程，堪称女版的了不起的盖茨比，或者务实版的包法利夫人，成功版的于连。但世事总是无常，人生轮回，步入中年的蓓基机关算尽后打回原形。老公识破了她，儿子不理她，虽然没有潦倒，蓓基这样强悍的女人总有办法争取到自己的生活。反正《名利场》不是以感情戏为主题，这部戏里几乎没有感情，蓓基遇到的所有男人，无论是玩弄她的，还是被她玩弄的，都谈不上感情。

不谈感情，才够干净。

名利场吸引了一代又一代人，淘汰了一代又一代人，可还是有一代又一代人跳进去，试图捞一把。不要觉得蓓基不够高尚，她就是我们生活中的某个人，有野心有能力又努力，运气不坏，只是没有撑足全场。亦舒谈起李嘉欣的一段往事是：那时她对我说，倪震他不理解，我得生存下去啊。良好的家境往往更容易培养温纯的内心，不用费尽心思做人的人，更容易道德高尚。二世祖一样的倪家公子哪里知道草根的艰难出头的不易。都是泪。

蓓基不善良，野心勃勃的女人很难善良，因为不择手段。但是如果不择手段有底线，就没有那么容易达到自己的目标。名利场，既然人人都想分一杯羹，那就各自拿出手段来。虽然不值得嘉许，但是若说该指责，那一棍子打倒的就太多了。

还有，建议不要去看奥斯卡影后威瑟斯彭的电影版《名利场》，不是威瑟斯彭的错，这个娇小而眼神锐利的女人有一种野心勃勃的美。不过我最喜欢剧中演姑妈的女爵艾琳·阿特金森，英国老女人太可爱了。这部剧的问题是米修麦拉，一个印度导演去拍英国电影，夹带的私货有点多了。且女性导演的视角让电影的再创作偏离原著，显得软弱。英国的故事还是英国人来诠释更容易把握住内涵和分寸。要知道，萨克雷的蓓基是刚性的，她美丽、聪明、精力充沛，充满冒险精神，在滑铁卢战役波澜壮阔的历史大背景映衬下，艳光四射，也寒光凛凛。

话说回来了，如果是看书，这本书太厚了。而且都说萨克雷词锋犀利，文字幽默，隔了语言的鸿沟，实在是"妙处难与君说"。

再叨叨几句。萨克雷这人一辈子活得挺蹭蹬的。妻子在他三十来岁的时候精神错乱，按照当时英国的规定，包括现在的规定，他不能离婚，也就不能再娶。不得不又当爹又当妈拉扯两个女儿，还得四处演讲挣钱。一个密友给予他精神的安慰，一来二去，他爱上密友的妻子，这是可以理解的。但是这样一来搞得朋友都没的做。最后十年萨克雷身体也不好，五十二岁骤然去世，这个年纪可正是一个作家的黄金时代。

南方与北方

看英剧《军情五处》，道德感超强的"Lucas North"甚是眼熟。回头一翻，发现他演过《霍比特人前传》里那个固执的索林·橡木盾，矮人王，虽然本尊理查德·阿米蒂奇 1.89 米。再翻，果然，演过《南方与北方》的男主角桑顿先生。这是 16 年前的电视剧。不是吐槽，BBC 的选角总是与众不同，通常而言，女主非常有辨识度，男主一水儿颜值巅峰。

再接再厉，把原著拎出来复习一遍。伊丽莎白·盖斯凯尔是维多利亚时代的闺秀作家，主要致力描述中产阶级家庭中年轻女性的感情故事，和奥斯汀一样是 BBC 电视剧的改编大户，《克兰福镇》《玛丽·巴顿》《妻子与女儿》，老风俗老人情老规矩老心思，针脚绵密人情温暖。后世评论家最为推崇她的工业流派小说，女性作家不耽溺家长里短，将笔触投向更为广阔动荡的社会变革总是令人又意外又欣喜。《南方与北方》是盖斯凯尔夫人此类作品的代表作。第一次工业革命冲击下，经济落后的南方与工业发达的北方邂逅，南北文化冲突、价值观冲突，北方劳资冲突，变革中的社会总要在一系列冲突中实现制衡。归结到小说中，是英国工业革命时期来自南方的女子玛格丽特与来自北方的纺织业家约翰·桑顿之间的"傲慢与偏见"。

在明媚的英国南方长大的玛格丽特，随父母亲搬到北方小镇米尔顿，生活陡然难以忍受。小镇阴冷、肮脏，到处是粗野的工人，生活也日渐窘迫。母亲在抱怨和自艾中陷入抑郁，父亲自责年老体衰，无力护佑妻女，他们或者心里或者生理无法适应北方。只有年轻的玛格丽特，乐观、善良、独立的南方姑娘，很快融入变革中的时代。在生活发生颠覆性变化的时候，有人失措，有人绝望，有人积极适应，后一种自信的人生态度我们都喜欢。

玛格丽特到纺织厂找父亲的学生企业家桑顿，机器声轰隆隆的车间，桑顿对工人严厉苛责的一幕烙下糟糕的第一印象，偏见由此产生。玛格丽特在街头结识了侠义的工人尼古拉斯和他的女儿女工贝蒂，她和这个阶层的人交上朋友，坚定地站在他们一边。如果说阶层意识先从玛格丽特这里开始淡化的,其实也是整个工业化大背景下时代的趋势,只是玛格丽特接受起来没有太多内心挣扎。

桑顿对玛格丽特一见钟情,但阶级立场的不同,文化教育的差异,种种误会巴拉巴拉,玛格丽特拒绝了桑顿的求爱。桑顿和达西先生一样反省,好男人都善于拿别人的错误纠正自己,他对工人的态度也在改变,加上尼古拉斯等人的解释,先前的成见和误会渐渐消除。这个时候,纺织厂陷入经济困境,玛格丽特因为一笔意外遗产,成了工业时代的"简",她对桑顿施以援手,最终他们走到了一起……此处不赘述,说起来也没有什么新鲜的。

玛格丽特的可爱不在于最后她的慷慨赠予,总觉得跟咱们传统戏文里书生落难、小姐后花园中送珍珠衫一脉相承。这个南方来的姑娘虽然保留着对于田园生活诗意人生的向往和留恋,但她与时俱进,不沉溺于自己的小情绪,拥有宽阔的视野和广博的胸怀,敢于面对,乐于探索,勇于接受,这样的姑娘就是三步跳到二十一世纪也不会拖时代后腿。至于桑顿先生,因为过早承担起家庭责任,过早在企业生存与发展中殚精竭虑,他的沧桑感比玛格丽特来得深沉,他会爱上玛格丽特,因为内心深处对于独立坚强的女性的需要和欣赏。已经不是衣香鬓影的乔治时代,而是在工业革命中冲上巅峰的维多利亚时代。自信自强的姑娘谁不喜欢?玛格丽特是可以并肩迎接风雨的伴侣,固然说"愿有人陪你立黄昏,有人问你粥可温"是人间最美,也不过锦上添花,年轻时候打拼,亟需同道中人共克时艰,不仅足慰壮怀,且能提供实打实的帮助扶持。艰难苦恨,要的是雪中送炭。

盖斯凯尔夫人为了让桑顿配得上玛格丽特,理想化了他的文化修养和精明睿智。当然,任何爱情都需要理想化润滑和修饰。因为一念之仁的理想化,《南方与北方》更广阔的社会背景和更尖锐的时代冲突都没有深入下去。就文学创作而言,有点儿可惜,不过如果爱情能够解决所有问题,我们这样的吃瓜群众也乐见其成。

电视剧里有个镜头,纺织车间飞絮飘飘似雪,英俊严厉的男主和目光清澈脸颊绯红的女主隔空对视,很美甚至很诗意。其实稍有常识都知道,纺织车间闷热潮湿,飞絮更是有碍健康,看上去很美,不过是一种错觉,是爱情的错觉还是工业文明给我们的错觉,这就难说了。

路　过

海莲遇到弗兰克的时候，都是人到中年。

海莲·汉芙是美国作家，文字寂寂，倒是收录了她与一位名叫弗兰克·德尔的书店经理及其他书店店员尺幅往来的《查令十字街84号》，薄薄93页，火成全球爱书人的暗号。

1949年，海莲在报上看到英国伦敦"马科斯与科恩书店"的广告，千里致函，索买她在昂贵、世俗的纽约遍寻不得的旧书，自此持续二十年。海莲经济拮据，购书数目不大，但是秀才人情纸半张，她从来不吝啬她的热情，欣喜、指责，均率性直言。当时英国物资极度匮乏，书店员工突然收到海莲辗转寄来的"重达六磅的火腿"，这火腿是他们"不是久未见到，就是只能在黑市上匆匆一瞥"的最慷慨的礼物。此后，各种各样的食品辗转到英国书店里给所有店员分享。海莲和弗兰克及店员们之间，渐渐有了亲人一样的情感。谈书之外，闲话家常，这对海莲来说，也许不难，但是对拘谨保守冷淡的英国人来说，打开他们的心扉，大概远比打开钱包困难。

海莲在信里妙趣横生，虽然她的境况从来都没有如意过。有一次，她告诉弗兰克"我要一本情诗集，不要济慈或雪莱，请寄给我一本不太煽情的情诗集，你自己挑选吧，要一本小开本的，可以放入裤兜中带到中央公园去"，为什么她心血来潮要看情诗集呢，偶然的伤感是因为"春天到来了"。海莲絮絮叨叨自来熟，弗兰克有点冷淡，谦谦君子之风，他回报海莲的是搜罗她要的书。美国女人的热情和英国绅士的拘谨平衡在书信两端，温度适宜。他们终生未谋一面。这一段路过，如沐春风。

好事者想从中读到爱情，书中附录《爱情的另一种译法》，在春风拂面中突然沙粒一样咯了牙齿。有人的地方一定要有爱情吗？海莲是个寂寞的单身女人，那么她就一定要在大洋彼岸精神恋爱弗兰克吗？弗兰克这个古板保守的英国中年男人一定在海莲这里找到情感出路吗？不要侮辱人和人之间的交往，不要意淫买书人和卖书人之间一点单薄的知音感。

这只是一份未被辜负的信任，一股源于书和知识的尊重，一种彼此对于善意的珍爱，走过、路过后，记取的人生风景。人与人之间，除了男女之情，理应有着更为广阔深远的空间与联系。只是这联系渐渐稀薄断裂。现在，全地球都知道实体书店要死了，全地球都知道，纸质读物要死了。我记得海莲的开篇"如果你们恰好路过查令十字街84号，请代我献上一吻，我亏欠它良多……"第一次读到这句话的时候，我以为那是文艺女中年的多愁善感，但是现在，我想它可以做所有实体书店的挽联。我们是被纸质读物喂养的一代，只是事到如今，挽歌声起，随之落下的尽是风雨飘零的情怀和记忆。走过的路过的，最后在我们这里，成为一种错过。

　　记得曾经，路边五元店十元店的喇叭声嘶力竭：走过路过不要错过。世间种种因缘际遇，人生注定是一场又一场的错过，看似遗憾，或许也是另一种成全。

如果达洛为夫人经济独立

如果达洛为夫人经济独立了，她会怎么样？她会离开庸俗空虚的上流社会的晚宴，她会摆脱物质的控制，直接地说就是离开达洛为先生？她会和彼得再续前缘？然后她就又充实又高尚了？

达洛为夫人是弗吉利亚·伍尔芙小说《达洛为夫人》的主人公，英国一位中年贵妇人，小说写的是她在一战后的一天的生活细节和思路种种。这一天达洛为夫人一如既往地出门筹备达洛为先生的晚宴，她的从印度归来的昔日情人彼得，她少女时代的仰慕者萨利等穿梭在她的思绪里，达洛为夫人的心有点儿乱。

贵妇人的生活内容一般就是看看闲书，和其他贵妇人交往，参加一个又一个晚宴，举办一个又一个晚宴，看上去光彩照人，独处时候回想起来，达洛为夫人却觉得又空虚无聊。简而言之，达洛为夫人在婚后冠以夫姓的同时，也消解了独立性，成为达洛为先生的附庸。除了关心晚宴,关心自己的老去,伍尔芙觉得作为一个有着独立人格的女性,应该有着自己的精神,自己的思考,自己的追求,而不是这样"灵魂已死"。

达洛为夫人忙忙碌碌,却又倍感失落。三十年前,她还是美丽少女克拉丽莎的时候,是爱着彼得的,"因为只有彼得能唤起克拉丽莎对生活的美好向往,激起她对生活的无限激情"。这样的男人未必是好的结婚对象,却一定是好的恋爱对象,深刻、新鲜、刺激,所以达洛为夫人念念不忘。但这不代表她会悔不当初,放弃彼得而嫁给务实平庸的国会议员达洛为,她并没有后悔。后者给了她富足的物质生活,这一点她很清楚,如果没有这一点,她就不可能在这一天以闲适的心情怅惘着人生的另一种选择。

如果达洛为夫人经济独立,那么她当年还会选择达洛为先生吗?伍尔芙认为因为女人的经济不独立,导致女人的精神乃至生活不独立,但是,独立是一个广义的词,并不是拥有自己的事业才是独立,独立的最大意义体现在拥有自主选择的权力。那么这种选择不是一定要离经叛道或者和主流选择背道而驰,也应当包括可以选择自己愿意的选择。所以未必说克拉丽莎没有坚决反抗父母的选择而屈从于世俗的看法嫁给达洛为先生，就是不独立的庸俗不堪的，克拉丽莎成为达洛为夫人，成为上流社会一枚美丽的花瓶就是没有自我的存在，我们承认酱油瓶的价值，醋坛子的价值，但是花瓶也有花瓶的价值和地位。

一个没有受过正规教育，时常感叹自己知识的缺乏，并且在锦衣玉食中反思"我到底是怎么活到了这个年纪"的女人，成功地为丈夫举办晚宴，从容应对上流社会的人事，至少说明她并不是肤浅的，达洛为夫人甚至试图和萨利探讨如何去改造世界，有这份向上的心就够了，难道你真的要她早上出去不买花，去买枪吗？

再说一遍

三餐茶饭,四季衣裳。周而复始。会将一个身体健康心情开朗的女人培养得琐碎不堪,当然,也可以理解成烟火气。

换季,又清洗一遍。翻出一条围巾,上面是梅花和英文,英文写得漫天飞舞,是勃朗宁的十四行诗。至于是美丽的勃朗宁太太写的还是英俊的勃朗宁先生写的,我就不知道了。

勃朗宁太太比先生大六岁,因病瘫痪。年届四十遇到勃朗宁先生,爱情不仅跨越年龄,甚至妙手回春,勃朗宁太太站起来。当然,爱情不是黄芪人参,有人说跟红酒有关系。

夫妻俩经常互写情诗,即使一个在楼上一个在楼下。太太给先生写:不要怕重复,再说一遍,再说一遍,你爱我。据说,有一天太太觉得有点累,就偎依在先生的臂弯里,甜蜜地叹息了一声,去世了。

狗粮撒的,吃瓜群众光瞪眼了。

有才华的男人很多,有才华的女人也很多,有时候有才华的男人会遇到有才华的女人,但是,他们的才华往往不能像勃朗宁夫妇这样比肩。如果男的高一点,再高一点,当然没有问题,世俗包括双方都认为理所当然。如果女方才华显见得高于男方,就有点儿站着嫌高坐着嫌矮了。比如李清照,李清照是寂寞的,因为她的才华比赵明诚高太多;谢道韫也是寂寞的,因为她的才华比王凝之高太多;朱淑真真真寂寞,寂寞让她疯狂。李、谢有才华也有胸襟有见识,所以扛住了寂寞的排山倒海、抽丝剥茧,虽然也还是没忍住腹诽口诛。朱淑真缺了点胸襟见识,无法自度,实打实掉进了寂寞深渊。

寂寞这个词,像白茫茫大地真干净,像永不触地的坠落。无着无落,无边无际,无可言说,甚至无药可医。

亚当被逐出伊甸园,上帝警告他,地上有高山大川、毒蛇猛兽。亚当说不怕。上帝问他怕什么,回答怕寂寞,于是上帝取亚当肋骨做了夏娃。史铁生的《因为有了孤独,所以衍生了爱情》大概可以为上帝之手做注脚,走出孤独,回归乐园。史铁生说那乐园就是爱情。

爱情当然是好的。爱情的好,不是体温上升心跳加剧血液循环加快,生理反应不可持续,即使勃朗宁和他太太现身说法,普罗大众的情感里,爱情和凤梨罐头一样有保鲜期。在短暂的激情之后,应该是双方在道德上的相互认同、智慧上的相互滋补、心灵深处的抚慰、彼此之间的扶持。它是一种有深度、有力度、有温度、有潜力的情感,坚韧又脆弱。立马想起《纸牌屋》一二季的安德伍德夫妻俩,是不是开小差了?

这是硬币的A面。B面是,爱情也是可疑的。

唐人传奇里,有风尘三侠,美人巨眼识穷途。细想起来甚是可疑。红拂一定在尸居余气的杨素身边站得太久太寂寞,李靖几句清谈,就腿搓绳夜奔而去,显见是剃头挑子一头热。好在那时的男人,除了赵匡胤千里送京娘,一般对女人都是照单全收。如果是投资,红拂的眼光不坏;如果是赌博,她的手气也不赖。比较省事的一点就在这里,她奔了他,也就一劳永逸。至于以后是不是风尘知己,还有个自我成长的问题。要是女方从此懒鸟不搭窝得过且过着,男方尽可以花开数朵。当爱情坐实成婚姻,可以务实地各取所需。

做了李卫公夫人的红拂不知道会不会寂寞，爱情里的寂寞和婚姻里的寂寞是不一样的，充实的空虚与空虚的充实是两种截然的状态。李卫公夫人即使寂寞，只能默默咽下。年纪大了，或者身份高了，寂寞这个词说出来不甚体面。

　　我想如果谢道韫遇到的是王羲之，她一定不会不屑地说"不意天壤间有王郎"；朱淑真嫁的是纳兰性德，一定不会写下《断肠集》；李清照呢？我很爱这个女人，觉得一般的男子都不能让她不寂寞。思忖再三，她也只有嫁给赵明诚。恋爱是一回事，若论及婚姻，很多时候也就是个习惯，习惯了就好了。说到底，我们都是被习惯所绑架的失败者，如果苟且算失败的话，这没什么丢人的，大多数人都是"loser"。

　　歌者的歌，舞者的舞，剑客的剑，文人的笔，英雄的壮志，多情人的情，还有才子才女的才华，末了，都是寂寞。都说人生要耐得住寂寞，耐不住又怎样？尼采说，但凡不能杀死你的，最终都会使你更强大。然后，尼采疯了。不过，即使你的寂寞不能使你更强大，也不过是使你更寂寞。

　　寂寞如酒，越喝越有。

至暗时刻

《至暗时刻》展示的是二十世纪四十年代挪威辩论至敦刻尔克撤退完成这一段风云激荡的历史。先看的电影,觉得好看买了书,我觉得自己可能有编剧的潜力没被激发,总是热衷在电影和原著之间看来看去。

《至暗时刻》作者安东尼·麦卡滕,奥斯卡获奖作品《至暗时刻》《万物理论》《波西米亚狂想曲》他都是编剧。

1940 年 5 月,希特勒大军横扫欧洲大陆,英国远征军危在旦夕,捷克、波兰、丹麦、挪威已被攻克,英伦三岛危在旦夕。英国首相张伯伦失去议会信任,准首相候选人哈利法克斯主动表示无法胜任,不被看好的温斯顿·丘吉尔意外升为首相。至暗时刻来自内忧和外困。对内,是思想摇摆的皇室和议会要员。对外,是滞留敦刻尔克三十万英军可能全军覆没,不列颠彻底沦陷。危机重重困难重重,要不然这个硬得可以砸狗的馅饼也不会掉到丘吉尔头上。

然而丘吉尔这个坏脾气的胖老头并不讨英国政坛喜欢,而且作为前英国海军大臣,无论政坛还是军功,他的履历实在为人所诟病。在黎明前最黑暗的时候,也是丘吉尔最著名的几篇演讲诞生的时候。是要不计代价主张和平?抑或不惜代价赢得胜利?事实是:"他在考虑和谈是否是他责任的一部分。"

吹开历史的金沙金粉,丘吉尔并不是坚定不移的铁汉。真相也许有损丘吉尔的伟大,但这就是政治。政治是妥协和权衡的艺术。而且最终,他做了正确的决定,并带领英国走出了战败危机。

历史,是要盖棺定论的。收梢很重要。

应该说,电影比书观感更好,书中絮絮好几页,往往一个画面就展现得淋漓尽致又意犹未尽。

加里·奥德曼凭借主演《至暗时刻》的丘吉尔获得了金球奖和奥斯卡奖双料男主。关于丘吉尔的影视作品很多,在此之前正好也看了考克斯主演的电影《丘吉尔》,雪茄的烟雾缭绕中肥胖无力的老人总是在拖时代的后腿,演员的表演有点装,有点浮,和加里·奥德曼撞到一起,弱的不止一点。

我喜欢加里·奥德曼这样的演员，很有创造力，什么样的角色到他那里都能演出独特之处，即使是个烂角色。我还喜欢饰演丘吉尔夫人的克里斯汀·斯科特·托马斯，五十多岁的英国女演员，还在黄金时代。

假如对这段历史感兴趣，可以参看另外一位现象级作家肯·福莱特的"世纪三部曲"：《巨人的陨落》《世界的凛冬》《永恒的边缘》。《巨人的陨落》定格在 1911 年 6 月到 1924 年 1 月一战前后；《世界的凛冬》时间跨度从"一战"到"二战"；《永恒的边缘》时间线是 1961—1963。以英德苏美四国为主线，以家族的兴衰起落再现国家的没落，时代观念的蜕变，以及文化的替代更迭。

"从充满灰尘和危险的煤矿到闪闪发光的皇室宫殿，从代表着权力的走廊到爱恨纠缠的卧室，来自美国、德国、苏俄、英国和威尔士的五大家族，他们迥然不同又纠葛不断的命运逐渐揭晓，波澜壮阔地展现了一个我们自认为了解，但从未如此真切感受过的 20 世纪。"这段我抄的出版文案。华美了一点，不算失真。

《世界的凛冬》是《至暗时刻》的另一角度版本，也有人说是英国的《权力的游戏》。

今天是中元节，秋风渐起，庄稼收获，子孙以新谷告慰先人。只是到底人鬼殊途，黄粱两端，亦是一种至暗时刻吧。

长夏草木深

长夏草木深,武士留梦痕。这两句是松尾芭蕉的俳句。据日本官方说法,俳句原型是中国古代汉诗中的绝句。松尾芭蕉这两句就是引自杜甫的"国破山河在,城春草木深"。其中悲壮气息确实如出一辙。

如果没有国破山河在的悲哀,武士壮怀空余残梦的悲凉,长夏草木深,于我,是故乡小镇运漕。在这个燠热的伏天里,深深的小巷,窄窄的青石路,爬满青苔的旧墙,即使一丝风都没有,还是沉淀着一些古老陈旧的凉意。街衢角落,或巷陌最深处,在这个炎热的夏日里茂密生长的紫茉莉,哦,我们都叫它洗澡花。一蓬一蓬地开放,一蓬一蓬的香气。紧闭的幽暗的小屋里,有人在木澡盆里哗哗撩水,小小的窗户开得高高的,即使草木深深,收藏了许多暧昧的气息,然而走过的人,在洗澡花的香气里忽然涌出一层黏糊糊的汗意。

看《枕草子》，清少纳言动辄喜欢来一句——这也是很有意思的事啊。我也常常为这个女人出一层汗。仿佛一个兴致勃勃的年轻女子，人事初开，一花一草，雨后的篱笆，雪后的山川，落花抑或彩云，心仪之人走过的足音，都在心头激滟起层层涟漪。有些有趣，有些无聊，有些甚至面目可憎，可是她都会心旌摇荡。

容易心动的女人，一生过得该如何不平静？可是她这一辈子的不平静，所寄居的是一个容貌平庸、身世平凡的女人，于是她的多情和敏感，黏稠得脱身不得，又深陷得自得其乐。这是多么为难自己？

清少纳言作为宫廷女子陪着定子皇后度过了十年，定子皇后过世，清少纳言离开宫闱，《枕草子》即是于贫贱寂寥中回忆这十年的所见所感，所见无非后宫事宜，所感也无非多愁善感。她的兴致勃勃和喜滋滋让人迟疑和莫名。她写《清凉殿的春天》：中午的时候，大纳言穿了有点柔软的樱的直衣，下面是浓紫的缚脚裤，上边是用浓红绫织的很华美的袿……她写四季之美，细细描出春天破晓时渐渐发白的山顶与紫色的云彩，夏天夜里流萤微光，秋天傍晚夕阳归鸦，冬天早晨霜雪与炉火。清少纳言笔下有一种清丽的雀跃。女人年轻时候的跳跃是轻盈美丽的,上了年纪,即使身材没有走样,跳起来也是沉重的,让旁观者感觉吃力。

我看《枕草子》,想到寂寞的紫式部,想到潦倒的曹雪芹,他们一笔一笔细细描摹曾经珠玉般滴滴答答落在生活里的感触,像李清照于黯淡的晚年,说:不如帘儿底下,听人笑语。有凄凉,有沧桑,还有淡定和深沉。人在晚年所表达出的文字气质,固然跟个人际遇不可分,也跟每个人对于人生情感的取舍息息相关。清少纳言这个文艺情怀了一辈子的女人,勉力秉持的清高与矜持,约束了文字里情绪的泛滥,不过文艺或者小资,总有点稚气未脱,此恨只关风和月的执拗。我不是笑话,我在这稚气与执拗里和自己劈面相逢。尴笑不已。

如得其情,则哀矜而勿喜。《枕草子》的甜白轻红里,我的眼前闪过的是故乡,晒得滚烫的青石板,吧嗒吧嗒有人光着脚丫跑过;穿堂风悠悠吹,我们在凉床上午睡醒来,颈窝里全是汗;头搭毛巾挽着筲箕卖芡实的乡下少女,走过每一个大开的门口会放慢脚步……回忆,用清少纳言的话来说,——也是一件很有意思的事。最后,时间风干了情怀里的水分,风月中的自作多情,也就是这些鸡毛蒜皮的事有意思吧?

　　我家乡的美人蕉、玉簪花、鸡冠花,还有茉莉花、白兰花,现在都开得兴高采烈吗?在这个城市待了半辈子,运漕,我连半片瓦都没有,长夏草木深,到底,还是思乡的。

上海一夜

到达上海已经是傍晚，暮色如雨淅淅沥沥覆盖了这座大都市。

不需赶时间，闲闲从中山公园走出。前不久看过石黑一雄的《上海孤儿》，里面写过母亲喜欢带孩子去中山公园玩。不过那个时候并不叫中山公园，始建于1914年的中山公园开始被称为兆丰公园，《上海孤儿》中主人公班克斯幼年生活在上海的时候，这里被称为极司菲尔公园。那是二十世纪二十年代的故事。

二十年代的月亮早就落下了。班克斯长大后回到上海，那是二战时期，他要在此寻找失踪的父亲母亲，寻找自己的从前。他回忆当年居住的洋房，衣食无忧的生活，通过回忆，构建起一幅二十世纪初的上海地图。精通上海的人推测，班克斯绘制的区域应该是今天的静安区。这是班克斯的童年。

城市的喧嚣仿佛经过降噪处理，经过凯旋路，落入武夷路的时候近乎沉寂。法国梧桐偶尔飘一两枚叶子，清洁车歇在一角，上海的洁净在这些地方一如既往。当暮色重重覆盖下来，车辆和行人愈加稀少，这个城市不复有《子夜》中吴老太爷那样张着大口吞噬一切的狰狞。我这样一个村人，没来由地惧怕一切生猛，城市，人，甚至文字。

　　即使在路灯与夜色中迷蒙出一些家居与温和，上海，我固执地认为，也是镀金的柔和。就像迎接卫生检查，小区墙上草草刷了一层，都知道，铲掉上面那一层，下面是什么。

　　凯旋路、长宁路、武夷路、华山路、乌鲁木齐路……原来清晰的路线，渐渐模糊起来，我们在上海的里弄里杂沓行走。并不是为了寻找班克斯的童年步履，只是避开灯火璀璨的繁华，向柔和的角落里看一看上海的老房子。班克斯在上海失落了父母和童年，其实我们在这里也曾失落了一些梦想。年轻的时候，谁没有梦呢？

　　最终，班克斯在上海找到了他父母失踪的谜底，惨痛的真相在一瞬间摧毁了他对自己的信心，让他不得不重审视自己。"记忆、时间与自我欺骗"，我们，其实比我们自以为的软弱得多。

　　我很想找一找王安忆笔下上海小姐王琦瑶生活的弄堂。马路边有小路，走进去往往曲径通幽，然而被王安忆细细描摹过的里弄人家如今就是有，也被时代迅速的步履远远抛到深处。树影摇动着夜色，想起陈升的《北京一夜》，"不管你爱不爱，都是历史的尘埃"，上海没有这么宏大的历史叙事，上海的尘埃，更多的是生活留下来的琐屑。一个小小的窗口，亮出来一排花草，里面是小食店，端着食盘的是外埠中年女子，头发在脑后揪成一个不圆熟的髻；或者临街支出一扇窗，改造成居酒屋，头发长长扎成一撮马尾的年轻男子，穿着和服，站在门口抽烟，并不看行人。

　　延安西路上有上海朵云轩集团有限公司，张爱玲写三十年前的月亮，像朵云轩信笺上滴落了一滴泪珠。这个朵云轩大概早就不印信笺了，挂了上海古籍出版社的牌子。我想在延安路高架下找到一轮下弦月，城市的天空很矮，星光很远，如果有月亮，也被密集的灯光黯淡了。遥遥地看到一座高高树立的建筑，近了发现门楣上很内敛地有"百乐门"三个字，这是万航渡路上的百乐门，上海小说中最纸醉金迷所在。白先勇那个永远的尹雪艳是这里的头牌阿姐。百乐门对面，往里走，就是著名的愚园路。如果你不知道这条路上住过钱学森、梅兰芳、蔡元培、张爱玲这些人也就罢了，他们都作古了，茹志鹃在这里住过，王安忆少不了写了又写的，2000米长的愚园路，藏了几十种风格的建筑。这些人和这些建筑，都是一本本厚厚的书，所谓海派文化，到这里来捞一捞管饱。

《色戒》里，看到鸽子蛋大的钻戒，一时心乱的王佳芝放走了易先生。王佳芝出了首饰店，没有三轮车，茫茫然在街上走着。在平安戏院，她看到一辆空三轮，上了车，她说：去愚园路。

是的，去愚园路。但是到静安寺，路就封锁了。我现在知道，静安寺距离愚园路有多近。这几步路，愣是跨不过去。王佳芝送了命，鸽子蛋大的钻戒也没有戴上手。

刘长胜故居在愚园路81号，是一幢被爬山虎密密盖住的三层砖木小洋楼。这里是当年中共中央上海局的秘密机关之一。2004年作为上海地下组织斗争史陈列馆对社会开放。不知道里面有没有郑苹如的踪迹，据说她就是王佳芝的原型。我只看到门柱上爬山虎垂下柔软的枝条，在风中飘荡，像极了电影《色戒》里，王佳芝惶惑地走在街头，周围是匆促的人流，尖锐的警哨，她的被风吹起来的大衣,她的被风吹得不成样子的23岁的人生。

回来特意翻出淳子的《民国风雅》,上海北京两地,淳子也是偏爱上海的吧?一写到弄堂,时光小径立时摇曳多姿起来,笔端有永不枯竭的缠绵。民国的风云往事里,有郑苹如有阮玲玉有张爱玲这些打着鲜明上海烙印的女子,虽然很多故事都是简笔匆匆带过,想来其中有很多曲折不能道。

能说出的,能写出来的,其实都是无关紧要的。

又忧伤又明亮

周末,岁晚,日暮,雨天,陪孩子看电影。纪录片《坂本龙一:终曲》。电影院里一共8个人。

日本福岛核泄漏。坂本龙一到大家暂时寄居的地方义演。他笑着说,好冷,如果大家想起来跑一下,也没有关系。然后,他低下头,中分的白发几乎遮住了整个脸。熟悉的旋律从跳动的指尖流出来,这是电影《战火中的圣诞节》中的《圣诞快乐,劳伦斯先生》,坂本龙一的经典曲目之一。

突然之间泪目。

这是本周的第二次泪目吧?人老了泪点会低吗?然而周三去采访,明明有泪点的事,却不曾湿润眼眶。一个53岁的女子,30年前抱养了一个女儿,女儿两岁瘫痪。安置房很干净,几盆绿植油绿蓬勃,鱼缸里水咕咕响着,几只金鱼快活地游来游去。一家三口在看电视。

天暖和的时候,把右手腕垫起来,女儿可以自己慢慢吃饭。天冷不行，得喂。除此，基本上女儿的行为能力停留在一两岁阶段。这样的日子放大28年，是无法想象的。但是面对面，妈妈想得很简单，这简单让她安心。无论我们如何加戏，都是矫情。

生活在这里，只是一天、一月、一年，28年如一日。

911的当日，坂本龙一在纽约，听到巨响，拍下双子座燃烧的场面。坂本龙一说他每天都会听音乐，但是那次，直到有一天在街头听到艺人弹奏《昔日重来》，才想起已经一周没有听音乐了。

原来悲伤会让人忘记音乐，坂本龙一说。其实，悲伤，也会让人忘记悲伤，我想。

年轻时候的坂本龙一，英俊、才华横溢。纪录片里已经六十出头，温和平静，即使激动的时候。他的笑容真是美好，像白发少年。他介绍巴赫的众赞歌，说每一个音符都像在祈祷。又悲伤又明亮。

就是这样，坂本龙一的笑容，又悲伤又明亮。我那天的采访也是，又悲伤又温暖。在岁末写这篇千字文，也是，又悲伤又甜。

就这样到了知天命的年纪了。知天命吗？有时知，有时不知。有时明亮，有时忧伤。客厅里妈妈给女儿掖着粉红色的棉袄,坦然说搞不动我们就去养老院,一家三口都去。这种简单让我有一种平静的疯狂。太过真实的东西,都有一种不动声色的疯狂。

纪录片的开始是坂本龙一在核辐射阴云笼罩的废城宫城县,听一架被水浸泡的钢琴的声音。他形容这架钢琴如同尸体。他说其实并非走音,而是这些自然的物质,正在拼命挣扎要回到过去的形态。海浪一瞬间涌上来,让钢琴回复到自然形态。而人类按照自己的认知强制调音,这是不自然的,虽然对于人类说是自然。

所以坂本龙一将桶扣在头上收集雨声,到野外收集自然的声音,到北极收集冰雪融化的声音,最自然的声音,未必是最好听的,但是真实。那天采访,无论记者如何引导说点感人的话,妈妈都不受影响,只说,就是这样子,能怎样呢? 那是她的真实想法。不煽情,不倾诉,就是真实。

片尾,坂本龙一弹着曲子,一再说好冷。他说以后每天都要弹一会儿。他一边下楼一边笑着对观众说,真的。

影院的灯亮起来。8个观众迟迟没有起来,都坐在位子上看着大屏幕上打出长长的字幕。像在等彩蛋。没有彩蛋，我们都知道，只是想等一等。曲终人不散，江上数青峰。带着又明亮又忧伤的心情，在岁末，等彩蛋。

因为怀念和忧伤

《苇间风》是爱尔兰著名诗人、戏剧家叶芝的诗歌选集，中英文对照本，也许根本没有必要配英文，能看懂英文的大概也没有必要看李立玮的译本了。可是这样编排很好看，还配了很多树叶、花朵、蝴蝶等图画做装饰，油画那样暗哑的颜色。我喜欢版本好看的书。

而且我喜欢这个书名，《苇间风》。不是有这样的古话"纵一苇之所如"吗？人世的沧浪，一苇以航之。多么超脱逍遥。风飘飘、苇茫茫、水苍苍，小舟摇摇这是国画的味道，透出最中国的诗情、禅意。

当然是好诗。懂一点文章的人少有不知道叶芝的，也就少有不知道一个叫茉德·冈的女人，叶芝的终生爱恋。叶芝的抒情作品因为写尽了与茉德·冈的恋情尤具感染力，首推那篇《当你老了》。

十九世纪八十年代末，年轻的叶芝在伦敦偶遇茉德·冈，于是情海深陷，他的一生从此深受影响。无论明里暗里，她都是他诗歌戏剧中的女主角。他对她的爱是一生的，他爱的是她的一生，就像《当你老了》中写的那样，他爱她的美貌、她的心灵，甚至她脸上的皱纹。让我们想想都累得慌。

记得情人节前后，有家报纸副刊排了五六个译本的《当你老了》，对照了看，文字的斟酌有所不同，但是没有什么大的出入。我们的爱情也是这样的吧，幸抑或不幸，具体的细节不一样，却是大同小异的。可是不好这样说叶芝，他的爱是孤独的爱。

都说爱情是年轻时的事业，迟早会被光阴之河熄灭。然而1919年，54岁的叶芝写道：因你未守那深沉的誓言，别人便与我相恋；但每每，在我面对死神的时候，在我睡到最酣的时候，在我纵酒狂欢的时候，总会突然遇到你的脸。茉德·冈曾经对叶芝说，她对肉体之爱怀有抵触与恐惧，所以，她是不能嫁给叶芝的。叶芝认为这是茉德·冈对他们之间神圣关系所做的誓言，而且，她还许诺过不会嫁给别人。但她终于没有坚守这个誓言。叶芝黯然神伤。他能写最动人的诗句，打动所有的心，只有茉德·冈无动于衷。

年轻的叶芝步"前拉斐尔"和唯美主义的后尘，写浪漫朦胧的诗。年轻的时候，在被爱情充盈的时候，激情如火，人人都有成为诗人的可能，何况是叶芝这样有着诗人禀赋的人？但是有多少写诗的人最终被诗歌抛弃或者抛弃诗歌，连哈代都改投小说的怀抱了。但是叶芝不。而且中年之后的叶芝变得坚实、充沛、无所畏惧的正视现实又乐于生活，等到他老了，70岁的叶芝和40年前柔情脉脉写《当你老了》的叶芝已经判若两人了，他写道：你以为真可怕：怎么情欲和愤怒/竟然为我的暮年殷勤起舞；年轻时他们并不像这样磨人。我还有什么能激发自己的歌声？叶芝老得热、老得静、老得冷。我喜欢老了的叶芝，我相信这样的老诗人也有着一颗朝圣者的心。70岁的叶芝冷眼看世、热心写诗。但他还爱着23岁时爱上的那个女人，他苦苦追求了一辈子，从一个籍籍无名的穷学生到一个声名鹊起、荣获诺贝尔奖的大诗人。她始终不肯垂青于他。

想起多年前的一幕：NBA赛场，我们的偶像姚明拿下41分，创下了他NBA职业生涯得分最高和助攻新高。终场后老记扑上来问姚明感觉，姚明喘息未定说，我只是麻木地跑动。穿梭在叶芝的茉德·冈情结里,我甚至也有点麻木了。情太浓人是会窒息的。不知道叶芝是不是爱得麻木了,爱成了一种习惯。一辈子爱一个人,真的不容易,何况是没有回应的爱。只有诗人能够承受这份甜蜜的忧伤了。

书店里一共是三本,我买了两本。一本送人,情人节那天花了十块零八毛钱寄出去。自己留下一本,可是外国的诗,真的缺少热情。也许更喜欢唐诗宋词,元曲也很好啊,睢景臣的《高祖还乡》写得多么俚俗有趣。所以剩下的这本最终也是送了人,情人节过后好多天了,封面落了薄薄的一层灰。是个写一点诗的人,应该不是明珠投暗,即使暗,也定暗得曲径通幽吧。

我们还会看看叶芝的诗歌,诗歌里的爱情,因为还有一点点的怀念和忧伤。

人人都有钟形罩

　　西尔维娅·普拉斯是获得普利策奖的美国诗人。诗歌是令人愉悦的，即使它会深深刺痛心扉，仍然有淋漓的快乐绽放。

　　我读的是西尔维娅的自传体小说《钟形罩》。

　　小说叙述了19岁女大学生艰涩的青春岁月。爱斯特不好看，因为自知不好看的极度自卑因此造成性格上的不讨喜，她的存在个性被忽视，心灵需求更是无人关注。身边的女孩子或聪明美丽善于和男性交往，或以贤妻良母为未来目标，或忽略自身女性特征追求事业成功，这些都不是爱斯特的人生"榜样"，她热爱写作，渴望爱情。

　　如果可以，谁不想做自己想做的事，爱自己想爱的人？我们几乎听到了梦想清脆的破碎声。追求事业，被心仪的写作班拒绝；追求爱情，爱慕了多年的优等生巴蒂原来是个花花公子，爱斯特只是他心中一个适合结婚的女人。何止于此，巴蒂带爱斯特去看女人生孩子的现场,居高临下地展示两性关系中男人的优势与女人的劣势。二十世纪五十年代的美国无法回避男女不平等的事实,即使是现代社会,这种源于制度、生理,甚至惯性的不平等都是无法回避的。所以,当巴蒂对爱斯特最珍爱的诗歌不屑一顾,即是对爱斯特超越于女性如烹饪针织之外的才华嗤之以鼻,爱斯特的自信与精神世界溃不成军。其实何止巴蒂,大家都认为:结婚后就不会写诗了。也就是有了正事女人就不会胡思乱想了。这是个男性社会,如果不肯像祖母和母亲不断教诲的那样,以服务男性为最高宗旨,所面对的只有孤独、绝望乃至疯狂。爱斯特感到自己被压制在钟形罩中,对爱和理解的渴望始终没有得到,她痛苦、绝望,最终选择自杀。

自杀未遂的爱斯特经过心理治疗,逐渐走出精神危机,重树信心返回社会。她认真地准备着即将到来的出院面试,仿若涅槃后的重生,新的充满期待与阳光的新篇章指日可待。明亮的尾声在这部小说里显得如此不和谐,像温暖励志的好莱坞小成本制作。其实不是这样的,其实爱斯特通过一次性关系消除自己的焦虑,又通过节育手段消除性关系后可能的怀孕问题。

不知道世界会不会敞开怀抱拥抱爱斯特，西尔维娅给了爱斯特光，但是西尔维娅自己关上窗。小说问世三周后，三十一岁的诗人自杀身亡。西尔维娅写道："对于困在钟形罩里的那个人，那个大脑空白、生长停止的人，这世界本身无疑是一场噩梦。"西尔维娅的钟形罩是与英国桂冠诗人休斯的爱情纠葛，是周期性的情绪低落与失眠，还是无法抵挡的悲伤？爱斯特曾经挣扎，看起来已经摆脱的钟形罩，西尔维娅没有走出来。

抬头仰望，我们每个人的头上，也许都有一座钟形罩，压抑并窒息着。

就算爱也没有什么用

　　《伤心咖啡馆之歌》是美国南方女作家卡莉·麦卡勒斯的代表作之一。主人公艾米尼亚小姐强壮且能干，在沉闷的小镇经营着一家咖啡馆，小镇上英俊富有的男子马西爱上她，并且为了爱洗心革面。艾米尼亚嫁给了马西，但是婚姻只维持了十天，因为马西没法儿将新娘带到床上去。失败的马西离开小镇，成为大恶棍并锒铛入狱。而艾米尼亚在某一天迎来一个自称是她表哥的驼背李蒙，要命的是她爱上了这个矮小的驼背。这是一件不可理喻的事情，但是发生了。爱当然不需要理由，需要理由的是之后发生的事情。

　　会酿酒，会治病，会给大人吃苦的药给孩子吃甜的药的艾米尼亚与李蒙一起生活的时候，马西出狱了，并且走进了咖啡馆里，伤心的咖啡馆之歌其实是从此时开始的，因为被艾米尼亚痴痴地爱着的李蒙爱上了被艾米尼亚伤透了的马西。即使马西报之以老拳，李蒙还是在艾米尼亚眼皮底下天天出去找马西，艾米尼亚完全无力挽救这个奇怪的局面，甚至接受马西睡到李蒙的房间，而李蒙霸占了自己的床，艾米尼亚则睡到沙发上。艾米尼亚没有把马西赶出去，因为她害怕孤独。

但是爱情不可能以这样的局面三人行，一场恶战不可避免。当艾米尼亚强壮的双手掐住马西脖子幸福在望的时候，李蒙尖叫着加入战局，他站在了马西那一头，艾米尼亚输了。李蒙和马西洗劫了艾米尼亚的钱，毁了艾米尼亚的房子，双双离去。

伤心的艾米尼亚，坐在门口等着她的驼背表哥。绝望的艾米尼亚，让人把门窗全部钉上木板，"从那时起她就一直待在被封禁的房间里"。在短暂的疑似幸福之后，刀刃一样绵延不断的孤独一片一片削去艾米尼亚的生命。人需要爱，是因为害怕孤独，而爱能够救赎孤独。但是爱和孤独一样是莫名的，当我们试图用爱来摆脱孤独，却陷入更深的孤独，即使是爱也无法改变孤独，就像麦卡勒斯说的：爱恋是一种孤独的感情。艾米尼亚也不例外。

麦卡勒斯的小说以孤独为主题，她笔下的角色无一例外地都过着不快乐的生活，虽然曾经有过希望，但是希望迟早都会破灭。卡莉·麦卡勒斯十几岁开始发表作品,29岁瘫痪,一生备受病痛折磨,50岁去世。很多译本的封面都用了这位女作家的照片,一双冷酷的大眼睛,手指夹着烟,有一种冷漠的无动于衷,她就这样冷酷地看着骨骼和肌肉男人般壮实的艾米尼亚天天在家里打沙袋,脱下红裙子,穿上裤子,她做好准备为了自己的爱人而去拼搏的时候,她的爱人倒戈了。这一切发生得如此不可避免又滑稽可笑。

我是个庸俗的观众,看多了好莱坞大片,我愿意以不可救药的乐观主义相信爱具有拯救一切包括彗星撞地球的力量,但轻易会被麦卡勒斯的作品打回到悲观主义者的原形。即使我们故意视而不见,孤独依然是绝对的,就算爱也没有用。

流动的盛宴

《流动的盛宴》记录的是海明威二十世纪二十年代旅居巴黎的一段生活，动笔在1957年秋，1960年春完成初稿。

平静的回忆，对于一个渐渐走入老境的人来说是很重要的，重要到那几乎成了生活的全部意义所在。惊心动魄具有太大杀伤力，不是一般体质的人所能消费得起，只宜稍纵即逝，然后用大量的时间来稀释。就像我在学生年代，读到马克思在大英图书馆里阅读时双脚将地板磨出凹痕，大英图书馆承受了一个人过于专注的压力。我现在总觉得那也是一种透支。

然而从少年时代就深深烙印在大脑里的这一幕在很长一段时间里鼓舞着我，是我从少年到青年时代的力量与反力量。马克思一天只睡四个小时，马克思的时间都在学习、写作、泡图书馆。我多次尝试着一天只睡四个小时，试图让我的人生能够有更多的可能性，但是每每事与愿违，一次次挫败我。

直到26岁终于放弃。前一晚为了缩写莫言的长篇小说《红树林》，我睡了四个小时。第二天上班的时候我的脸色绯红，走路飘飘，神情恍惚，被怀疑清早搞了二两酒。最好的年龄即将过去，我听到那些可能清晰的破碎声，我需要消化这种清醒。我坐在镜湖边的石质长椅上，那是个秋天的上午，阳光细细碎碎地钻出叶子，落在椅子上、身上，有点燥热，石凳子却越坐越凉。我在那个上午思考了很久，一个昏昏沉沉的人也是一个会思考的人，就像一个醺醺然的人其实也是有着思考能力，虽然思路可能不走寻常路。

报社在华兴街4号的时候，走出华兴街，走出中和路，走出中山路，走到镜湖边，沿着镜湖走一圈，放空自己，或者思考，其实思考就是一种放空，把眼前的事情扒拉到一边，让一些无足轻重的思绪全面接管大脑。会怎样？其实不会怎样，但可能会让一段比较艰难的时段度过去。艰难未必是一时一刻，人所不能承受的往往只是那一时一刻之重。我总是为一些无足轻重的事情苦恼，那时候我已经不算年轻，只是有的人需要花一辈子的时间来成熟。

一度，镜湖的水因为营养过剩，颜色很难看，气味也难闻，当然抽空清洁的那段时间，翻到老底子，气味更刺鼻。现在的书画院那时候应该是茶舍，进出无人过问；市政府的红房子就在镜湖边；少年宫面对的镜湖，春夏开出大片的夹竹桃，到这里绕湖一周就算跑远了；烟雨墩的阅报栏，烟雨墩里的空气散发出淡淡的腐气，不知源自植物抑或是老房子，如今塑像、树木、红房子，现在还在，蚊子还是很厉害，空气还是那样潮湿混沌。

我用这些文字定格回忆，更多的回忆消失了。

每天反复做的事情造就了我们，也局限了我们。那时候，包括现在，我反复做的事情并没有太大变化。看稿子、改稿子，有时候写稿子，看不起自己写出来的稿子，绕着镜湖边走边放空的时候，更加看不起自己的稿子。就这样重复着过了16年，假如我一直坐在一个地方，我想我的脚底下一定也磨出一点印子吧？华兴街4号的那些水泥地面不至于如此无动于衷吧？

无动于衷的是人。记得巢湖日报社一位编副刊的老师，姓方，白皙清秀，她一直在副刊，一直坐在一把椅子上编稿子写稿子，退休的时候希望单位能够把那把她坐了多年的椅子给她，被拒绝了，椅子是单位的财产。

后来，方老师找我约稿，她在合肥一家媒体编一点版面，做报纸的退休以后如果想继续参与社会，路很窄。我们QQ里互相留过信，渐渐失联。我还记得当年的犹豫，最终放弃了问她椅子的事。虽然耿耿于怀，我并不真的想知道。人在年轻的时候比较热衷寻找答案，现在，有的答案会成为负担。

"但是巴黎是一座非常古老的城市，而我们却很年轻，这里什么都不简单，甚至贫穷、意外所得的钱财、月光、是与非以及那在月光下睡在你身边的人的呼吸，都不简单。"海明威在书中说。他在巴黎过得并不如意，但是巴黎成就了海明威，并且在多年后仍旧滋养着他。巴黎的书店、巴黎的咖啡店、巴黎饥肠辘辘的卢森堡公园，当我们都能平静回忆的时候，那些回忆已成为财富。

当然一切都过去了。1961年7月，这个人用一把猎枪结果了自己。

《流动的盛宴》是海明威的遗作。这是我喜欢的一本书，每一次读，仿佛看到年轻的海明威踟蹰在巴黎街头，渴望着自己的春天，或者看到年轻的自己，呆呆地坐在镜湖边。巴黎是海明威的盛宴，青春是我们每个人的盛宴，当盛宴不再，那些唇齿间的感觉，虽然在时光里变味，到底，是我们自己的咀嚼与吞咽。一个人的生活终究是自己的，不是他人的。就像一个人的回忆，终究是自己的，不是他人的。流动的时间，流动的生活，是流动的盛宴，每个人伸手能做的、伸手能取的、留在掌心的，其实多年前心里已经有数。

第三辑　一纸情深

磷火之光

　　《了不起的盖茨比》，一个中篇，奠定了菲茨杰拉德在美国现代文学史上的地位。

　　这真是一个又物质又精神的故事。盖茨比是空气中弥漫着欢歌与欲望气息的二十世纪二十年代美国大富翁，发迹前爱上一个资产阶级小姐，爱情是纯洁的，门第是冷酷的，爆发后的盖茨比在资产阶级小姐爱巢对岸买下房产，隔河遥望她家码头长明的那抹绿色灯光。

　　金钱是万能的，但是即使他这样一个浑身上下散发着金钱气息的男人，居然得不到那个"话音都充满着金钱"的女人。是的，黛西曾经差点取消婚约，差点与盖茨比私奔，但是她在最后一刻踩了刹车，她应该刹车，一位出身、成长于上流阶级的年轻女性，脱离自己原先所属的阶级和熟悉的环境，投靠到一个财富来源不稳定，不具备上流社会各种素质的男人爱情里，风险指数太高，不确定性太大。这是用脚后跟都能做出的决定。不要指责黛西的物质，她一出生物质就将她的脚板底垫得老高。而盖茨比不一样，这是盖茨比得不到她的原因，也是盖茨比希望得到她的原因。当想得到的都能得到，得不到的当然更有诱惑力。盖茨比遥望黛西家码头上的绿灯，这个男人对爱情的天真和忠诚充满了违和感，令人心疼。

同时，居然有金钱买不到的东西，居然有金钱改变不了的东西，这一点也是令人心疼的。万能的金钱改变了整个时代，但是在个人，黛西与盖茨比身上，还保留着金钱说服不了，或者说，金钱还显得说服力不够的地方。希望我说清楚了，物质时代，物质征服了黛西和盖茨比，但还有物质尚未连根铲除的隐秘的角落，是无法铲除还是来不及？这个我就说不清了。

不过我想到了黛西或者盖茨比的下一代，这样的烦恼一定已经不能称其为烦恼了。

黛西爱盖茨比，因为盖茨比爱她，她也爱自己的丈夫汤姆，对同一阶层共同特质的男人的爱具有舒适感的习惯。但是她最爱的是自己。这才是真实的黛西。所以得知汤姆出轨，黛西要和盖茨比一起离开。不是她选择了盖茨比，只是她被汤姆的行为伤害了。所以她开车撞死威尔逊太太,汤姆跟威尔逊先生说是盖茨比撞死的,然后威尔逊先生杀死了盖茨比。不知道这夫妻俩是如何达成一致让盖茨比顶缸。这个时候还为黛西担心的盖茨比特别无辜特别可怜,一个贩卖私酒的暴发户糊里糊涂被情敌略施手段一劳永逸,简直阴沟里翻船。西部来的穷小子到底还是敌不过上层阶级的冷酷和卑鄙,因为他冷酷和卑鄙得还不够,因为他非要在黛西这样一棵树上吊死,这份爱是他的软肋,了不起的盖茨比成了伤不起的盖茨比。

出生于上层阶级的汤姆、黛西,面对盖茨比有与生俱来的优越感,所以盖茨比伪装成富二代、伪装成绅士,对于上流社会感十足的大家闺秀痴缠不已。盖茨比在爱情中占了下风,华丽高调的盖茨比在整个时代都占下风。这种与生俱来的自卑也许是盖茨比成长缺失的性格悲剧,抑或是社会阶层差异导致的闹剧。我们不能站在又美丽又自私的黛西的立场,也不该站在又虚伪又真诚的盖茨比的立场上,他的真诚不是他虚伪的理由。

盖茨比被他的爱情给毁掉了,抑或说是被他的欲望给毁掉了。这也是一生。并不是可耻的,也不是可悲的。人总是要被某些东西毁掉,如果有被毁掉的价值的话。而你所爱的人，其实是你的欲望在他身上投下的影子，说到底，我们不过是被自己的欲望毁灭了而已。以爱之名，到底看上去很美，像黛西家门口盖茨比遥望的幽幽的绿灯，虽然也许，那是一枚磷火。

理想主义者的悲剧

　　我喜欢俄罗斯文学,喜欢俄罗斯文学里的凝重深沉,连一场出轨也搞得这样壮阔。是的,我又看了《安娜·卡列尼娜》。

　　安娜·卡列尼娜最后自杀了,而且是很不体面地卧了轨,这个桥段呼应了她在火车站初识沃伦斯基。托尔斯泰很熟悉安娜这样一个激情汹涌的女人,也熟悉这样一种血腥惨烈的死法——安娜的原型就是他邻居抛弃的情妇,这个情妇的结局就是卧轨。托尔斯泰是爱安娜的,他不想她死,但是他说,写到最后,安娜只有死了,而且是不体面地死在铁轨上。

　　安娜可以不死吗?当然可以。她嫁给了毫无趣味的高官卡列宁,日子寡淡得一如让一个女人浓妆艳抹却不给她镜子不让她出门,这是大多数缺少情趣的家庭生活的缩影,大多数人都忍了,所以大多数人都活了下来。即使是像安娜这样多情激情内心熔浆翻滚的女人，时间一久，熔浆凝固，也就是一潭死水。但是她遇到了英俊潇洒的沃伦斯基伯爵，地壳裂开一个口子，熔浆喷薄而出，湮灭了庞贝。

天地良心，这事真不赖沃伦斯基，他不过是像其他贵公子一样被安娜所吸引，也不过像其他贵公子一样看见喜欢的就想要而已。他哪里料到他点燃的不是汽油灯，而是维苏威火山。安娜抛夫弃子，和沃伦斯基私奔了，当然，她也被她的阶层抛弃了。在社会舆论和骨肉分离的巨大压力与痛苦下，安娜唯一剩下的、紧紧抓住的爱情也开始出现问题，其实谁都知道迟早会出现问题。那么，问题来了，安娜只有死了。

如果她抑制住内心的骚动，抵抗住沃伦斯基的诱惑，将止水般的生活继续维持下去，深信男欢女爱无非浮云，色即是空空即是色，青春的苦闷情感的桎梏又算得了什么？当然，灵是坚强的，肉是软弱的，那么安娜还是可以找到情感的第三条出路。比如她可以一边和沃伦斯基种植感情自留地，一边敷衍着卡列宁，这个在现实社会里完全无法接受的事情，在小说中完全可以接受。小说中的丽莎·马卡洛娃丈夫情人和平共处，成为社交界中"出色"

的女人。这是无耻，但是你一旦"爱情价更高"，将人家偷偷摸摸做的事儿给公开做了，你逼得所有的人需要选择自己的立场。如果站在私奔者一边，违背上流社会的道德底线，如果站在卡列宁一边，那就否定了大多数人在私底下的作为。谁愿意为你的男欢女爱挑战自己的社会感与道德感？

如果安娜和沃伦斯基暗通款曲，即使爱情没了，还有家庭，即使家庭冷漠，还有爱情，在两者之间互补。这样的想法和做法很庸俗，但是再庸俗的人都明白，爱情是什么？爱情是四十层高楼，不会有个裤衩穿在外面的超人蹿过来一把拎起你，你想好再跳。

但是安娜不愿意庸俗，安娜既不愿意窒息自己的爱情，也不愿意混乱自己的情感，她要完整的绝对的纯粹的爱情，她为她的骄傲与理想付出了所有的代价，家庭、社会、名誉、儿子乃至生命。这是安娜可悲的地方，也是她可爱并且值得爱的地方。一个人太认真了，就会偏向悲剧的那一面。但是认真的人，即使认真地将自己走向了不归，也是可敬的，因为她是个理想主义者。

安娜的悲剧，是一个理想主义者的悲剧。

简·爱的道德感

周日阴雨、阴冷，读了本熟悉温暖的书《简·爱》。

这是二十世纪五十到七十年代的女人都很熟悉的书，至于八九十年代的女性，那就很难说了。这很正常，当然不是所有的文学读物都应该有巨大的跨时代的影响，无论多么优秀的小说，用它来指导数百年的抉择，这人生也太颠顸了。

《简·爱》很优秀吗？是的。但是后来我才知道夏洛特的这本书没有妹妹艾米丽的《呼啸山庄》在英国文学史上的地位和价值高，《简·爱》的社会意义在一定背景下被夸大甚至利用了。在这个冷冷的周末读这本书，不是为了探究它的文学地位和价值，我喜欢读温和的暖和的熟悉的故事，相比而言，《呼啸山庄》太尖锐刻骨。

简·爱，是英国十九世纪乡村的灰姑娘，矮小、贫穷、不美，所以她在爱情中表现出的人格具有更为典型的意义，容易唤起更为广泛的共鸣。她曾经离美好的爱情以及美好的人咫尺之遥，只要她在空旷的荒野中呼应另外一个男人的呼唤，他历尽沧桑，渴望在她这个矮小、贫穷、不美的家庭女教师这里得到救赎。但是她不肯，因为，这是不道德的。

时间已经过去了近两百年，我们这个世界对于道德的定位与评判已经发生了很大改变，即使这样，直到今天，我们依然不能不赞成简·爱的选择，做正确的事情，做我们理智上认为正确的事情，而不是跟随着感觉走，跟随着内心深处最软弱也是最渴望的方向。我们做了最为正确的事，然后在无人的时候一次次徒劳地试图从滚水中打捞自己的心灵。

可是人生如戏。不是所有的人都能够厘清道德与不道德的界限，也不是所有的事情都可以划出道德与不道德的范畴。何况，道德翻转堪比翻脸，既然是这样，我们又怎么能预定以后呢？如果从来就没有人能够预测以后，为什么又因为以后来决定现在的选择？

道德这两个字，很高尚。是一种高尚的怂恿，更是一种高尚的蛊惑。

　　这就是一百多年之后，我们已经渐渐不再将《简·爱》作为生命中的灯塔来看待，它指引的远方会在眼前投下一大片阴影。因为我们感觉到了局限和自伤，永远的道德正确是一种洁癖，也只能囿于自己所面临的问题，而不是关注人生的普遍问题。因为在人生的普遍问题上，道德感太强往往会架空人生，那是孤注一掷的疯狂。我们不能指望会有简·爱的好运气，等到该来的来该死的死，等到有一笔遗产砸到自己头上，等到罗切斯特可以道德地跟她结婚。不能把运气计算在逻辑里。如果人只能活在当下，如果只能过一天算一天的恩典，那么熠熠燃烧的不只能是自己的内心吗？当然，听从内心的召唤，抑或站在理性的高山上被风吹雨打，这都不是件容易的事。

　　窗外是三月末的冷雨，遥想一百多年前宁静地开在英国约克郡荒原上的铃兰花，如果我们最终都要站在上帝面前接受最后的裁定，那么不被道德打扰的平静才是真正的平静吧。

激情这把双刃剑

　　一犁新雨破春耕。又是个雨意阑珊、沾衣欲湿的周末,来杯度数高的?那就《呼啸山庄》吧。

　　《呼啸山庄》是艾米丽·勃朗特唯一的小说,这个早逝而聪慧的女作家,塑造了一个率真、骄傲的女性凯瑟琳。因为率真,她不避讳爱上粗俗低贱的希斯克厉夫,因为骄傲,她嫁给了门当户对的埃德加。她为她的率真和骄傲付出了生命的代价,这还不够,还卷进去了其他无辜的人。

　　伍尔芙说《呼啸山庄》是一部比《简·爱》更为难懂的书,因为艾米丽是一个比夏洛特更为伟大的诗人。虽然斯时,当姐姐因为《简·爱》备受赞誉,妹妹却因为《呼啸山庄》饱受责难。维多利亚时代,人们不懂得也不欣赏赤裸的激情。

　　希斯克利夫在失去凯瑟琳后,愤而出走,发了财之后回来,报复当年受到的敌意和冷漠。凯瑟琳终于彻底醒悟,无论现实社会的虚荣和内心的骄傲如何引领她的婚姻路径,她的灵魂告诉她,她爱的是这个没有教养、没有社会地位、来历不明的挖煤工一样粗鲁的男人。

凯瑟琳的形象和简·爱毫无共通之处,在情感选择上也背道而驰。简·爱是理性的,有着严苛的道德感,满满被社会教育修改后的社会人格,凯瑟琳不是,在她身上,原始的天性占了绝大部分。如果说年轻的时候,社会性还在凯瑟琳身上具有一定影响,亲人的压力,社会的压力,包括可能遇到的经济压力,让她出现了短暂的软弱,但是在和一个自己不能以灵魂相许的男人生活之后,她彻底醒悟,她所渴望的,是希斯克利夫,只有希斯克利夫。最后她以绝食的方式摧残自己,很快死去。

然而没有什么能阻挡燃烧的激情,包括死亡。她永生于希斯克利夫的往后余生,日日夜夜不得安宁。

伍尔芙说夏洛特:"我们读她的书,只是为了其中的诗意。"我想我们读艾米丽的书,是为了其中的激情,来自心灵深处的不加约束与矫饰的激情,如岩浆般炽热,如瀑布般猛烈。一如伍尔芙所说:"在《呼啸山庄》里既没有'我',也没有家庭女教师,也没有雇主。那里面有的是爱,但不是男女之间的爱。"凯瑟琳和希斯克利夫的情感，已经超越了狭隘的男女之情。凯瑟琳说："如果别的一切都毁灭了，而他还留下来，我就能继续活下去；如果别的一切都留下来，而他却给消灭了，这个世界对于我就将成为一个极陌生的地方。我不会是它的一部分。"他们的碰撞，是天雷与地火，是闪电与暴雨，是山穷水尽与汪洋恣肆，是滚烫的拥抱和暴虐的撕扯。

有时候，我们需要来一场这样的拷问与鞭挞，迸发与毁灭，灼烧与淬火，于灵魂有益。

凯瑟琳在文学作品和社会形象上没有简·爱影响深远，绝大多数人都不会有凯瑟琳那样澎湃的激情。但是凯瑟琳无疑更具人格魅力，她像一个伫立在十八世纪英国荒原中的剪影，长发飞舞，目光灼热。而艾米丽·勃朗特，虽然在小说中是路过的旁观者，但她富于激情和感性的一生证明，她就是凯瑟琳。只是她比凯瑟琳更加绝望，因为她短暂的三十年中，不曾有希斯克利夫这样的慰藉。她燃烧的，是自己的幻想。

且慢，谁又能肯定爱情真的没来过？爱情这个东西，神出鬼没，谁能搞得清？

任性是一种傲慢

我喜欢《傲慢与偏见》,这种英国乡村的小情小趣以及大风光非常契合我的情感需求。是的,其实我讨厌虐心讨厌苦情讨厌大开大合的人生。

在达西先生还没有闯进生活之前,丽兹就对姐姐简说,她要是结婚一定得有爱情。所以她拒绝了人品庸俗的柯林斯牧师,但是她也并没有打算跟情趣相投的威克姆发展关系,因为该人没钱。丽兹要爱情,也要金钱,倒不是很拜金,衣食无忧是底线,她不会为了爱情不要金钱,也不会为了钱不要爱情,所以后来她拒绝达西的求婚。有宝马当然好,如果没有,她要坐在马车里笑。一般人想要的她都要,但是一般人往往会舍此及彼,她不,她的贪心有点儿任性。有钱人任性才会被我们视为正常,因为有资本,丽兹的资本在哪里呢?不是非常美丽,也不富有,就是个比一般女孩子有见识的一般女孩子,见识这个东西除了制造自我感觉的迷雾,往往未必是好事。任性就不一样了，母亲总是对任性的孩子多一份关注，命运总是对任性的人格外青睐。

不任性会怎样？夏洛特是不任性的丽兹，当柯林斯被丽兹拒绝后，她成功引诱了这个懵头懵脑的男人。原谅我用引诱这个不庄重的词，我喜欢夏洛特，她是整部《傲慢与偏见》中最务实最诚实最脚踏实地的女子，审时度势她主动揽下柯林斯这个活宝，以求得终身有个着落。她知道她有什么，她知道她要什么，她更知道她能够要到什么。她做得很好，这才是一种正常的人生设计。因为柯林斯虽然不可爱，但是毋庸讳言，他是个君子。她做了正确的选择，选择了正确的人，虽然不是最好的。因为她知道自己从来就没有好看过，也没有钱，婚姻市场上没有资本投资，也就不敢奢望高利润回报。不能说她没有丽兹们聪明，她比镇子里几乎所有的人都要清醒自知。你得承认，在现实生活中，谁敢期望丽兹的好运气？我说过，不能把运气也设计在自己的人生里。所以整个《傲慢与偏见》，我以为最真实的人物除了贝内特太太就是夏洛特，而最可以效仿的人生，只有夏洛特的人生，我觉得她会幸福的，在世俗眼里，她的幸福远比不上丽兹，但是太完满的幸福不够真实，有缺陷有不足的幸福才是真正的过日子,过自己的日子。

而且就几率来说,遇到一个没有啥钱当然也不是穷光蛋的庸俗的烟火男人的可能性远远大于遇到一个达西那样英俊多金的绅士,而得到前者的可能性更是压倒性地占了上风。说真的,我也不待见柯林斯,但是我也承认夏洛特运气不错地捡了漏。

我承认我是没有理想缺少品格的庸人,在站台上看到辆差不多的车就上了,看到个差不多的男人就嫁了,更好的也许很快就来,但是更可能永远不来。我们不敢赌,我们像夏洛特一样谨慎悲观,缺乏想象力。可是你又怎么能肯定你的自信不是狂妄呢?自信的人如果没有运气加持,往往都走向了疯狂。算了吧,除了影视剧,真实的人生养活不了不能吃不能喝不能用比林黛玉还体弱多病还拈酸吃醋的浪漫。

《傲慢与偏见》有小聪明,有小智慧,有小运气,有着一切小人物生活境地里的小悲喜,最后还有个小团圆来收场,满足了我们所有的对于美好生活的向往。尤其是大家包括自己认为,最聪明的女孩子丽兹不仅得到了爱情,得到了彭伯里庄园,得到了每年一万镑的收入,得到了整个故事里含金量最高的 Mr.right。没有人比她运气更好了,这姑娘任性得没有理由，但是有结果。因为简·奥斯丁让达西兜着，这任性就不那么乖张。你知道，至少达西这个有钱人是可以任性的。

越理性越孤独

《理智与情感》是奥斯丁的第一部小说,虽然成熟,但是不够佻挞。是啊,我喜欢她的《傲慢与偏见》,已经有足够的智慧戏谑人世。写东西的人,第一部作品一般而言够真诚,但是不够从容。情感距离太近了。

《理智与情感》背景是家道殷实的达什伍德先生去世,遗产被长子继承,并且从此倒拔黄鳝一分钱看不见。达什伍德先生续娶的妻子以及三个女儿陷入经济窘境。《理智与情感》主要讲述了此背景下两位正当妙龄的达什伍德小姐的情感故事。大小姐埃莉诺是理智的代表。感情内敛,处事冷静,无论是被刻薄,被戏谑,还是面对自己深爱的男人爱德华,即使是被爱德华私下订婚的女友不怀好意地冒犯,她不动声色不失礼仪不轻举妄动。也因此,她被她的母亲和大妹妹玛丽安娜误解心肠冷酷。

达什伍德太太因为和丈夫年龄差距比较大，事事倚靠丈夫，独立性、理性都欠缺，而二女儿玛丽安娜是母亲的升级版，感性，喜怒形于色，也付诸行动，喜欢的人立刻热情万丈，不喜欢的人掉头就走，既不考虑当时的社交礼仪，也不肯顾及现实情况，是情感的代表人物。

至于小妹妹，她还未成年，自然可以任性地躲在树上或者桌下，将烂摊子扔给姐姐。

埃莉诺成了一家之长，不理性的一家之长是不可想象的。一个家，总要有一两个头脑冷静的人，比如态度坚决地不买牛肉，因为晓得吃不起，回绝掉租金昂贵的房子，因为晓得付不起。父亲去世，经济陷入窘境，不得不离开老宅，租住朋友的房子，紧巴巴过日子，如果埃莉诺像母亲或者妹妹那样只顾感情用事，很快会陷入入不敷出的绝境。

有一段，玛丽安娜对于姐姐对爱情的态度无法理解："像埃莉诺和爱德华那种彬彬有礼像朋友一样的互相对待能叫爱情吗？这种貌似缺乏热情的态度能让彼此感到幸福吗？"玛丽安娜对爱人的期待是："他必须和我情投意合，看同样的书，听同样的音乐……他必须具备爱德华的美德……又必须人品出众、风度迷人。"说实话，我们这些没有想象力的人只能感叹：这姑娘，言情小说看多了。

但是在不够理性的人中，往往理性的人承受的压力要更大。因为她够理性，所以她更早感觉到危机，也更多地付出了为应对危机解决危机的努力。同时，因为她够冷静，所以她更加孤独。因为她的平静一如沉船后静静的水面，一般人无法看到、读到她心中的樯倾楫摧。理性的人是坚强的，孤独的人是脆弱的，她的坚强是一种不得不坚强、被坚强，她的脆弱被压挤包裹隐藏起来，只供夤夜独自饮泣。

张楚唱过"孤独的人是可耻的"，我说，孤独的人是可敬的。孤独的埃莉诺，更需要温暖，尽管她更不容易得到。

所以我想，当埃莉诺得知爱德华没有结婚的时候，她唯一的一次控制不住的眼泪，是她内心感受的真实爆发。奥斯丁给予埃莉诺的隐忍克制以补偿，她把爱德华最后还给了埃莉诺，她让她在爱人面前失声痛哭。说实话，我觉得她的眼泪流在上帝面前倒不如流在爱人面前。

柏拉图说，理性，是灵魂中最高贵的因素。年纪越大，我越喜欢埃莉诺这样的女人。我们都曾经为不理性付出过大大小小的代价，我们的人生总是被一些不够理性的行为改变方向。所以往往会想，如果当年稍微理性一下呢？但是，年纪越大，也越会觉得玛丽安娜这样的女孩子的可爱。她放纵自己的情感，她尽情地爱过，即使最后她这匹脱缰的野马在受伤后终于被理性的樊篱禁锢住，但是在此之前，她曾经驰骋，总好过一生都只是站在马厩里怅望远山。

萨皮纳的葛优躺

有一年报社处理阅览室的存书，十块钱一捆，大概十来本。且不许挑，随机。我撞天婚撞到的这一捆有一套《约翰·克利斯朵夫》。那会儿年轻，爱学习得很，加上年轻牙口也好，不管能不能消化得了，连撕带扯的茹毛饮血。一套书看下来，印象最深的是一个叫萨皮纳的女人。

那是克利斯朵夫年轻的时候，萨皮纳是他的邻居，一个二十来岁的新寡女人。作为普通家庭的女性，当然要洗衣做饭打扫卫生，尤其是在没有相当财产容许她两手不沾阳春水的情况下。可是萨皮纳不，虽然经济条件不乐观，她还是雇人做家务，自己则懒洋洋地赖在床上，或把时间花在梳妆上面。我也有同事每天早起一两小时描眉涂粉，但是萨皮纳又不热衷扮靓，克利斯朵夫总是从玻璃窗看到这个女人光着脚丫，拖着长长的睡衣在房里走来走去，或者在镜子前面借化妆之名发呆，连窗帘都忘了放下，甚至对被窥视也满不在乎，懒得走过去动一动手拉一拉帘子。

虽然几乎什么事都不做，却不会感到无聊，萨皮纳在无所事事里自得其乐。她是真的无所谓，她笑容可爱，声音轻柔，有讨人喜欢的模样，也知道自己能讨人喜欢，但是懒惰的天性使她从来不想做点儿什么去讨人喜欢。是的，她什么都不想争取。她直接和克利斯朵夫这个音乐达人说不喜欢音乐，也不爱读书，看书头疼。张爱玲说善于低头的女人是厉害的女人，对于萨皮纳而言，估计她连低头都懒得低头，她没有欲求，无论是对于物质还是精神，简单到类似于现在流行的性冷淡风。

但是与萨皮纳每一个无声交流都给克利斯朵夫带来心灵的震颤，克利斯朵夫还是爱上萨皮纳，她的懒洋洋不是故作姿态，也让她迥异于克利斯朵夫生活中遇到的那些女人。像一个夏夜克利斯朵夫的感慨："即使什么也不说也很舒服。"虽然萨皮纳连女配角都勉强，差点沦为跑龙套，却是克利斯朵夫情感经历中细腻柔和的部分。因为这次爱情是如此缺乏基础，比克利斯朵夫爱上贵族小姐更加不接地气，没有人想象出他们如果走下去会怎样，不会怎么样，这注定的只是一缕精神世界的阳光，萨皮纳很快被流行性感冒要了命,快到像她连呼吸都懒得呼吸了。

"克利斯朵夫也知道,在他心灵深处有一个不受攻击的隐秘的地方,牢牢地保存着萨皮纳的影子。那是生命的狂流冲不掉的。"每个人的心底都有一座埋葬爱人的坟墓,就像但丁的心里沉睡着贝亚特丽齐,就像方鸿渐的心里装着唐晓芙一样。跟肉欲的关系不大,更接近精神世界的信仰。

人生失意的克利斯朵夫晚年退回宗教世界,从中获得心灵的宁静。人生境界,有的人是绕了半辈子,找到了自己舒服的姿势,对于萨皮纳而言,她一开始就找到了自己最舒服的姿势,萨皮纳不会劳神费力去找,她就是随随便便"葛优躺"。虽然我们所推许的人生态度是积极向上打了鸡血一样,但是谁也不能臧否这之间的高下。退一步说,其实满世界斗志昂扬的人想想也是很可怕的。

活到最后,找个舒服的姿势很重要。

有魅力的女人该会点魔法

周末看电影《小丑》，是的，华金·菲尼克斯的小丑。这么一个初夏的好时光，上赶着让自己保持愉悦都来不及，差点把自己给看抑郁了，我实在不是个能够HOLD住荒凉感的人。

给生活加点糖，重温了一遍《浓情巧克力》，薄薄的一本。

闭塞保守的英国小镇兰瑟，呼啸的北风中，走来一对母女，薇安和阿努克。她们推开教堂对面的一扇门，这是事先从中介那里租下的店面，放下行李，扫、洗、布置，巧克力的芬芳流溢出来，小店明亮温暖起来。

这对四处漂泊的母女停在这里经营一家巧克力糖果店。薇安会做精美的巧克力，且热情体贴。巧克力糖果店成为一个港湾，人们渐渐聚集，喝香浓的热巧克力，吃美妙的糖果，从善解人意的女店主那里获得安慰，有的女人就有这样的能力。而有这样能力的女人对于以牧师雷诺为首的顽固保守力量是一种挑战。醇香的巧克力纵容了人的感官享受，纵容自己的欲望？哦，那是可怕的，人应当克制自己的欲望，敬仰上帝，承担责任。

正是因为有着这样的一群人，小镇多年来死水一样沉寂。

那么这两种看上去悬殊的力量对决结果会怎样？有着丝绸般绵密醇厚的巧克力作为背景，我们都知道结果。结果有时候并不重要，重要的是薇安谜一样漂泊的故事，她带着女儿四处游走，被视为女巫。在中国的聊斋故事里，有很多这样夜半来天明去的女狐，她们慰藉着深山荒庙中书生的寂寞，但是她们离开的背影是苍凉的，她们还是要独自面对自己永生的孤独与寂寞。薇安不一样，她的神秘感来源于她的独立，还来源于她亲手制作的巧克力所包含的力量，那是美食的力量还是欲望的诱惑？不管是哪一种，它们都是真实的，应该被尊重的。

如果说每一个人的心中都有阴影，对于薇安而言，那就是不断漂泊的宿命；对于牧师雷诺而言，他过分强调的圣洁，极力排斥外来人员与异教徒，只是因为自己内心世界中深藏的从小目睹母亲与神父偷情产生的对背叛的恐惧。在阳光照不到的地方，在薇安的笑容和雷诺的冷酷后面，深藏着被伤害的恐惧。但是人终究无法抗拒对于美好事物的向往，喝一点糖都不加的清咖啡、吃胡萝卜沙拉的雷诺一定会爱上巧克力，而坦然面对生活和遭遇的薇安会从阿努克那里获得强大的支撑。

虽然内心会软弱，谁没有一瞬间的泪落如雨呢？连钢铁侠都不能避免。但是会魔法的女人，一定有掌控命运的能力。

《浓情巧克力》我最先看到的是电影版本，法国美女朱丽叶·比诺什真是风情万种，注意力很容易被带走。后来读小说，更类似一个关于诱惑的寓言。免不了有点儿俗套，俗套的故事又因为司空见惯而亲切，这是诱惑的两面。作者英国女作家乔安娜·哈里斯曾经说过，神和魔说穿了也只是一体两面而已。这样通透，也是一种巫性。乔安娜从小和外祖父母一起生活，她的外祖父母经营一家糖果店，据说外祖母就是当地很有名的巫女。这本书是她献给外祖母的，一出版就登上《星期日泰晤士报》的畅销书排行榜。当然，这也是多年前的事情了。

其实我更喜欢乔安娜·哈里斯的另一部小说《洛基启示录》，以第一人称视角重述北欧神话，尤其是对于洛基这个反派人物充满好感的刻画。我喜欢洛基,抖森的洛基,邪邪的。

好吃的食物都有点儿脏,可爱的男人都有点邪气,就像有魅力的女人该会点魔法。这才有意思。

一点儿就够了。过犹不及,一般人的命理就压不住了。

艾丝美拉达的安全感

"她翩翩起舞，转圈飞旋，踏着随意掷在地上的一块波斯地毯，那张光艳照人的脸每次转向你，乌黑的大眼睛都会向你投去一瞥，疾如闪电。"这个惊鸿般的姑娘就是雨果笔下的艾丝美拉达。

也许是当年被革命的浪漫主义和现实主义这样阔大的帽子遮住面孔，现在看《巴黎圣母院》，会有恍然的陌生感。十五世纪法国，教廷和皇权之间矛盾重重，宗教的禁欲主义甚嚣尘上，道貌岸然的副主教克洛德，平庸软弱的诗人格兰古瓦，丑陋的敲钟人卡西莫多，花花公子弗比斯熙来攘往，鲜花一样美丽、闪电一样耀眼的艾丝美拉达是混沌中的一股清流。

艾丝美拉达能歌善舞，生机勃勃，她牵着一只会杂耍的小羊在巴黎街头卖艺为生。虽然社会地位卑微，却有一种高尚的勇敢，我思忖再三，却觉得也许只是年轻人的鲁莽。比如格兰古瓦误闯乞丐王国按照规定要被处死，艾丝美拉达站出来承诺与格兰古瓦结婚，以挽救诗人的性命；比如卡西莫多受主教指使劫持她，被弗比斯拦下，因此受到鞭打并在广场上暴晒，艾丝美拉达不计前嫌给他喂水，丑陋的敲钟人流下了平生第一次眼泪。

善良、宽厚，尤其是对于一个美丽年轻的女子而言，是多么珍贵的品格。然而一个在风刀霜剑中成长起来的孤女，不是应该有着与生俱来的谨慎与敏锐吗？

看上去勇敢坚强的女子，其实是柔弱的，缺少爱，渴望爱。艾丝美拉达是一个普通人家的女儿，当年被吉卜赛人用畸形儿卡西莫多换走，在吉卜赛人中间长大，没有亲人，没有来自亲人的爱。所以艾丝美拉达对于爱的付出，有一种普洒甘露似的毫不吝啬。尤其是当她爱上曾经拯救过自己的国王卫队队长弗比斯，这种爱强烈到孤注一掷。虽然彼此之间身份悬殊，虽然知道这种爱是单向的，虽然眼睁睁看着弗比斯挽着贵族小姐的手走过，艾丝美拉达依然不改初衷，她只能去爱这个看上去强大得能够给自己安全感的男人，就像她对格兰古瓦所说的："我只能爱一个能保护我的男人。"这句话令人痛心，她一直是自己给自己遮风挡雨，甚至努力给别人遮风挡雨，其实真正在雨中呼号的是她自己。甚至到了最后关头，副主教喊来监狱长和卫队抓捕艾丝美拉达，艾丝美拉达几乎成功地逃脱了，却因为听到弗比斯的名字而忍不住冲出窗口暴露自己，她的爱出卖了她。

其实暴露是迟早的事。如果克洛德对于得不到的女人势必置于死地的话。因为艾丝美拉达无法理性地看待弗比斯，她会去找他，或者因为他娶了贵族小姐而宁肯一死。我们都知道，即使不为贵族小姐的嫁妆，弗比斯也不会娶艾丝美拉达。无论弗比斯是否爱艾丝美拉达，无论弗比斯娶的是谁，艾丝美拉达都不会离开。

《巴黎圣母院》不是一本细腻刻画女性心理的小说，艾丝美拉达闪电一样耀眼而短暂的一生诠释了一个女人对于爱情与自由的坚持，她爱的人即使是错的，她的自由即使需要付出生命的代价，她不在乎。

这个世界，无论如何痛陈利害，还真拿不在乎无计可施。

我们都有账单要付

读福楼拜的《包法利夫人》，我们的感觉就是，这个叫艾玛的女人不过是个不知好歹的作女，一个神经质的花心少妇，一个完全无视现实的败家女，她最后抓了一把砒霜吞下去完全是自作自受。但是，一个年轻的女孩子，向往上流社会的生活方式，向往浪漫的爱情，向往过有情调的日子，向往丰厚的物质生活，你可以说她虚荣，也可以说她很有想法，至少有超越了一个乡村农民女儿的阶级地位的想法。她有什么错呢？她错在不务实，错在把人生目标设得太高远，错在把理想当现实，错在她拥有她不能拥有的欲望。但是，欲望，也注定要打着等级的烙印吗？

人都是有欲望的，只不过大多数人往往懂得在自己的支付能力内满足欲望。包法利夫人是个家境不错人家的姑娘，嫁了个小康的丈夫，比灰姑娘多了几双高跟鞋和长礼服，勒紧裤腰带也可以买只

LV 的包包，但是比起一年几次到时装周去观摩直飞法国意大利购物高级定制显然不在一个层次上。可是，她想，她很想，她不惜一切代价将欲望移植到现实里。有人说这是个虚荣心强烈的女人被膨胀的虚荣心拖垮的故事。虚荣心人多多少少都有一点，连福楼拜自己都说"我就是包法利夫人，包法利夫人就是我"。从另一个角度说，我们不过是早早儿趴窝在现实里而已。

欲望不是与生俱来的，欲望是在一定的土壤中被适当的温度与适宜的水分培养出来的。作为富裕的农民的女儿艾玛，当她被父亲送到贵族学校，学习脱离本阶级的内容的时候，欲望的种子埋下。乡村平凡到窝囊的医生查理接近于宠溺的爱供养了她的欲望，但是年轻的无所事事的女士成天看着来自巴黎的杂志，读着浪漫的爱情小说，却在一个小镇，守着没有情趣的老公，当她的才智不足以支撑她的理性，她会怎样？她自己动手，流行与时尚，蕾丝花边的纱裙，人影幢幢的舞会，情调十足的情人和情调十足的爱情，一切都好，只是支撑这一切的金钱整个都不好，包法利先生近乎纵容的是爱而不是金钱，而有钱的情人，和现代很多婚外情一样，不能谈钱，一谈钱就没有情了。激情落地，摔得粉碎。我们都替艾玛不值。

艾玛是个悲剧,那些曾经享受了艾玛的账单与爱情的男人们助推了悲剧。虽然这场悲剧的根源不能归咎于男人,虽然女人的悲剧很容易归咎于男人,但是归根结底脚上的泡是你自己走出来的。

小说中的查理实在有点儿窝窝囊囊,在BBC拍的《包法利夫人》中却很投眼缘,他是《唐顿庄园》里出演格兰瑟姆伯爵的休·博内威利。因为同情包法利先生,同情这个老实糊涂地爱着自己老婆的乡村医生,既没有好命也没有好手段的艾玛就显得格外不讨喜。最直接的是她刷爆卡,她老公下半辈子就忙一件事,给她填账单。

她的账单就是她的欲望,她没有控制她的欲望,所以她的账单失控了。账单总要付的。我们,总要为我们的欲望买单的,当然,如果有人替你的欲望买单,那再好不过了。

彪悍的人生不需要解释，包括对自己

娱记问艺人蒋欣情事，蒋欣说需要时间消化爱情。那一定是高浓度的爱情。我看玛格丽特·米切尔的《飘》也是这种感觉，需要时间消化它的宏阔与密集。它有一个更诗意的名字《随风而逝》，有种怅惘，可是我想郝思嘉不是个具有怅惘情怀的女人。她务实，对土地和男人都有着强烈征服欲；她任性，念念不忘卫斯理；她韧性，在战乱中强悍地争取生存权利，保护身边人，即使并不爱他们。

除了爱自己，郝思嘉爱的只有卫斯理。虽然卫斯理并不爱她，而且我们都清楚这人真没那么值得她爱。等她发现自己其实爱的是白瑞德，戏剧性的是，白瑞德拎包走人了。

故事发生在1861年美国南北战争前夕，继承了母亲的优雅和父亲的粗野的南方大农场主小姐郝思嘉正纠缠于爱上卫斯理而卫斯理选择了梅兰妮的乌龙。战火颠覆了衣食无忧，她从一个骄纵的女孩成长为一个精明强悍的少妇。母亲死了,父亲痴呆了,两个妹妹病在床上,没有钱,没有衣食,郝思嘉赤脚跑到被烧成废墟的农庄寻找食物,摘棉花、耕地、挤奶、劈柴……不择手段解决十三口人的饥寒,甚至夺走妹妹的情人,只是因为可以用他的钱保住自己的家族。这是可耻的,但是从另一个角度来说,是为了家族将自己折现。她做木材厂生意,她投机取巧,她穷怕了,直到嫁给白瑞德,她不胜感慨地说:"我现在已经明白,钱是世界上最重要的东西,从今以后,我请上帝替我见证,我决不再过那种穷日子了。"这个骄傲到骄横的女人,过过好日子的,也被三百元逼得送上门做人家情妇。如果她稍微敏感细腻一点,满满有飞流直下三千尺的苦水要倒。

可是她连哭都没哭。白瑞德对她说过一句话:"无论在什么紧急的关头,我还从来没有见你用过一次手绢呢。"

郝思嘉道德感不强,她从不隐瞒她的自私虚荣,一如从不掩饰她的美丽风情,这个女人血液里有一种滚烫的野性和强韧的诱惑力。我相信很多人敬仰床前明月光一样温柔善良的梅兰妮,但是会被郝思嘉吸引,就跟好吃的食物一定会有点儿脏一样，有吸引力的女人一定是个有缺陷的女人。因为她有缺陷，所以她不是完人，因为她不是完人，所以她不是高不可攀，所以，潜意识里她和自己站在一个高度。

郝思嘉的坚强衬托出其他人的软弱，他们在乱世里无力自持而像藤蔓一样依附。黑奴跑了，农场的篱笆需要劈，被北方人勒索，十几张嘴要喂，天使一样的梅兰妮和羔羊一样卫斯理只会悲叹，我们该怎么办呢，所有南部的人又该怎么办呢。我们曾经那般自如闲适的生活，永远都没有了。郝思嘉这个穿紧身衣的女汉子把裙脚掖起来，用自己的勇气智力身体上阵。她一裙脚泥巴一脚板水泡是有原因的。

整个《飘》，郝思嘉和白瑞德是一路人，骄傲的自私的粗野的。尽管最后白瑞德离开了她，这有什么关系，把它消化掉就好了，明天又是新的一天。郝思嘉代表了一种更为强悍的处世心理。我不喜欢郝思嘉，因为她让很多女人觉得自己弱到爆。

关于梅兰妮的传说

看过《飘》的人，往往都会被美丽活泼的郝思嘉吸引，也都会敛息屏气于另一个女人的脚下，那就是梅兰妮。梅兰妮宽容、贞静、善良、隐忍，贤良淑德的南方种植园贵妇，虽然和郝思嘉相比颜值不够，品行却完美高尚得像一个传说。

截然不同的两种女人，梅兰妮和郝思嘉是在一部《飘》中共度了漫长的艰难的岁月，并且她们爱的都是同一个男人：卫斯里，她们是某种意义上的"情敌"，至少郝思嘉是这样看待梅兰妮的。郝思嘉相信卫斯里虽然人在妻子身边，精神却爱着自己，任性的女人就是这样自信，而梅兰妮既不会任性，更不会盲目自信，她冷静得像个旁观者，睿智得像上帝，微笑着注视郝思嘉孩子气的狼奔豕突。

亚特兰大沦陷之际，梅兰妮生产在即，虽然这是心上人的妻子和孩子，当梅兰妮不顾一切要生下孩子的时候，郝思嘉正翻着白眼想着怎样丢下她自己逃生。迫不得已为梅兰妮接生，迫不得已带着刚刚生产的前大姑子在马车上颠簸，梅兰妮和她的新生儿在郝思嘉心中就是累赘。等回到满目疮痍的家乡塔拉庄园，从此以后，梅兰妮和郝思嘉更是无法分开，她们同甘苦共患难，荒芜的家乡，兵荒马乱中，郝思嘉赤膊上阵，梅兰妮紧随身后，是她最坚定的支持者。即使这个前弟媳妇的很多行径与她的人生观价值观是截然不同的，即使所有其他人都摒弃郝思嘉，即使她知道，郝思嘉爱着自己的丈夫卫斯里。

战火结束后的百废待兴中刚刚喘上一口气，梅兰妮死了。她的生命力被消耗尽了，被与种植园主的南方越走越远的生活，被卫斯里这个优雅却软弱的男人，被郝思嘉对卫斯里的爱情，以及那个被卫斯里妹妹发现的拥抱，一切的一切，终于压垮了梅兰妮。是啊，她不是郝思嘉，郝思嘉多么强悍，无所顾忌的人才是强悍的。所以任何挫折不可能击倒郝思嘉，即使明白卫斯里并不是自己所爱的人，这十几年的爱是个弥天大错，郝思嘉不会倒下，即使明白自己爱的是一直爱着自己的白瑞德，而被郝思嘉对卫斯里的痴恋折磨厌倦了的白瑞德选择离开，失去白瑞德的郝思嘉并没有倒下，她擦干眼泪相信明天会是新的开始。但是对于梅兰妮来说，生长着棉花地和骑士的土地不在了，古老的南方不在了，一种生活不在了，她所倚赖的生命的力量随风而逝，她再也无法像当年那样惨白地坚持下去。

梅兰妮的死，抽空了卫斯里的生活，也抽空了郝思嘉的支撑，只是她这个时候还没有意识到而已。

多么伟大的女人，但是传说永远是传说，即使金光闪闪地璀璨在头顶，大多数人不会有觊觎之心，而有缺点的郝思嘉才是真实的，是我们身边的某个搅水女人，有触手可及的盼头。金星老师有句话："有一千种表达方式，完美的那一种是真实。"不真实的完美依然是不完美。何况，就像好吃的食物一定会有点脏一样，有滋有味的人生也一定是不会白璧无瑕。你活得那么干净，为谁呢？

虎头蛇尾的乔

《小妇人》中乔的归宿，多少让人有些意难平。这样一个个性张扬的女子最终也不免收拾棱角，成为安静沉稳的妇人，像贾宝玉所说的那样从光艳的珍珠沦落为黯淡的鱼眼睛。

《小妇人》是美国女作家路易莎·奥尔科特写于十九世纪六十年代的长篇，据说这部带有自传色彩的小说一经问世大获成功。我记得初看是央视晚间海外电视剧场，二十世纪九十年代的事儿。等拿到书，那本书也是很偷懒地用剧照作为封面，当时有一套外国文学全部用剧照作为封面，带塑封的亮锃锃的封面，套色马虎，品位真是恶俗。

虽然是以南北战争时期为背景，《小妇人》落脚于家庭伦理。马奇家四个适龄女儿，各自个性迥然。有的虚荣一点，有的腼腆一点，有的庸俗一点，林子大了，什么鸟都有，女儿多了，也是形形色色。其中最有个性的是老二乔，自由独立，有点儿可爱的鲁莽,想成为作家。看得出来,这也是作者喜欢的角色,所以安排青梅竹马的邻居、富家少爷劳里爱上乔。劳里英俊善良,就是心智上比乔低了那么一截,乔拒绝了,有个性的女孩应该这样。我们以为"要求灵魂思想对等"的乔免不了会以单身告终,婚姻的自由曾经是一个人最大的自由,这一条现在也还是比较适用的,何况是十九世纪的美国。但是再坚强的人也有权利疲惫,当劳里这好青年肥水不流外人田地迎娶了渴望成为上流社会一员的老四艾米之后,乔忽然之间软弱了。于是她嫁给了鲍尔教授,比劳里穷多了,比劳里老多了,这并不奇怪,奇怪的是我们以为在看上去乔占了优势的婚姻中,乔依然是改变自己适应婚姻的人。随之乔放弃了热爱的写作,凭什么?乔不可以继续做乔?乔还是不能继续做乔?

好嘛,我们以为,十九世纪的女人包括乔的其他姐妹,没有勇气没有才智做到的独立自由,最终乔也没有做到。虽然她很有个性地没有选择和我们一致看好的那个又多金又帅气的暖男,而是又老又穷的学究。既然这样的选择下,她和她的姐姐妹妹还是殊途同归地相夫教子,那她前面折腾个什么劲?

路易莎·奥尔科特曾经说："我要用自己的头脑做武器，在这艰难的世间开创出一条路来。"为什么她不让乔这样？在这个意义上乔的人生总有些虎头蛇尾，整部《小妇人》都有点儿虎头蛇尾。而且书中大段道德教诲相当考验人的耐心，虽然作者极力提倡的善良、忠诚、无私等是人类永远尊崇和追求的美德，看上去我在说这是本道德正确的书。不能归咎于作者个人意识强烈，作为一本带有自传色彩的书，她会不自觉地选择更具有标本意义的人物人生走向。

据说《小妇人》之后还有以续集出现的《小男儿》《乔的男孩们》，乔和鲍尔教授的生活在继续，飞扬的女孩收敛锋芒，成为和蔼的体贴的人妻人母。偶尔会想，如果她嫁给了劳里，是不是可以在婚姻中更为强势地保存自己的个性呢？虽然我们乐意拿爱情做理由，其实大家包括乔都明白：爱情归爱情，婚姻归婚姻。即使是可爱的乔，也不能免俗。

革命之路

　　美国著名作家理查德·耶茨的《革命之路》二十世纪六十年代出版，当年就获得了美国国家图书奖提名，与它一起入围的还有《第二十二条军规》。但是我总以为，让这本书广为人知的是根据原著改编的同名电影，尤其是小李子和温丝莱特的合作。没有办法，文学现在就是这样。不刷屏不热搜不蹭流量明星，简直小众得怕人。

　　《革命之路》是书中男女主人公所生活的郊外一条路的名字。二战后的二十世纪五十年代，男主弗兰克是个上班族，女主艾坡是个家庭主妇，兼职业余演员，都心有不甘地平庸无聊着。这是大多数居住在此的人的生活，也是世界上多数人的生活。当年不是这样，当年弗兰克是个有志青年，艾坡是个有梦的女孩。必然而又意外地，生活过成止水一潭，女人的一厢情愿和男人的充耳不闻，别人眼里的幸福和自己的窒息。是疖子总要出头的，一场积怨已久的爆发后，艾坡想起当年弗兰克曾经向往过的"美好的巴黎"，当年，他们都相信生活的高处，人生的意义在那里。艾坡建议全家前往巴黎，艾坡是个心灵不肯干涸的女人，但是话要说给懂得并且愿意懂得的人听，弗兰克已经不想听不愿懂，弗兰克的触觉已经渐渐麻木渐渐习惯现在的生活。就在这个时候，弗兰克得到了晋升机会，艾坡再次怀孕了。弗兰克要求艾坡考虑孩子，要求艾坡接受这一切，要求艾坡让生活在此继续。

生育将最终剥夺自己追求自我的权力，艾坡选择自己给自己流产，因此死去。弗兰克离开革命之路，搬到城里。新的住户搬进来，为艾坡所厌弃的生活依然在继续。一直在继续。

像艾坡这样对现状不满的人大有人在，像艾坡这样渴望逃离的人也大有人在，但是像弗兰克这样临阵脱逃的人更是大有人在。我们虽然对现实有一千一万个不满，但是真的放下一切说走就走却少之又少，对于循规蹈矩的生活的习惯，对于安稳安定的依恋，对于既成事实的接受，对于现实的迁就，对于既有的不舍，对于放弃后未来的茫然。我们是怯懦软弱的，我们不过是像弗兰克这样为自己的怯懦和软弱寻找到了借口，从而心安理得地自欺与欺人。

我觉得奇怪的是,为什么艾坡要去巴黎。我记得以前看电视剧《上海滩》,那个风流倜傥的许文强死在了乱枪之下,他最后说出的话是:你知道我要去巴黎。许文强去巴黎是为了找他爱着的女人冯程程,艾坡呢?巴黎的生活和在革命之路上的生活会有本质的不同吗?靠换个环境就能把自己从泥潭里拔出来?如果你现在的生活是你的选择,那么你又怎么肯定你对未来的选择不是一种重复?也许只是换了个地方继续苦闷而已。就像作者自己所述:"我笔下的人物都在自己已知与未知的局限内,风风火火地想要做到最好,做那些忍不住要做的事,可最终都无可避免地失败,因为他们忍不住要做回自己原本的样子。"

于是,生活就成了眼前的苟且,并且是一直的苟且。你对接上了你的平稳,你以为平稳是幸福,我不知道是不是,但是肯定不是你的梦想,如果你还记得自己的梦想的话。

如果艾坡成功地前往巴黎,甚至成功地说服弗兰克带着一双儿女同往,他们会怎么样?忠于内心感受的生活,是一种任性,还是一种逃离?多少人的灵魂曾向往过自由,但肉身却沉陷在柴米油盐中,不能自拔,也不愿自拔。

看着小李子和温丝莱特,不由得想起《泰坦尼克号》,当年《泰坦尼克号》上演的爱情与沉没,曾经激发了海量的泪。如果当年船没有沉,如果杰克捞到了另外一块木板,和露丝实现了双宿双飞,结果会如何?其实,多半杰克和露丝会成为弗兰克和艾坡,从阶级差别的危机、贫富的危机变成了中产阶级的危机、中年的危机。

电影中有个配角,是个疯子,他说:"很多人都能意识到生活的空虚。但承认绝望,这可真需要胆量!你以为挑起生活的担子是勇气,其实去过自己真正想要的生活才更需要勇气。"一个疯子说出了真相,因为知道生活的真相,所以他疯了?还是,他疯了,所以说出生活的真相?

所以细思之下,对于婚姻生活来说,《革命之路》更像一部恐怖小说。

阿来说,一本好的书就是你读过后不知所言。电影也很好。导演萨姆·门德斯是温丝莱特的前夫,中产阶级危机被他表现得不动声色又惊心动魄,这是部我看过后很想抽支烟的电影。

红与黑

《红与黑》太过沉重，我只是掀起大幕一角偷窥两眼瑞拉夫人。

瑞拉夫人是市长的妻子，年轻漂亮，还很有钱，连市长也对她心存畏惧。虽然市长出身贵族，但是庸俗粗鲁，令瑞拉夫人深感厌恶又无可奈何，直到家庭教师于连出现。

《红与黑》中的于连，让我想起《人生》中的高加林，只是高加林远远没有于连的运气，高加林处心积虑改变人生轨迹，刚刚冒了个泡就被打回原形。于连不是，于连一路攀缘离巅峰一步之遥。作为一个木匠的儿子，于连干不动力气活，却喜欢看书，不幸很有野心，幸好长得很清秀。于是这个眼睛又大又黑，宁静时射出火一般光芒的年轻人做了市长家的家庭教师，像一阵及时雨，正赶上滋润瑞拉夫人干涸得冒烟的心田。土地一滋润，麦子稻子稗子噌噌长了上来。

都说老房子着火是可怕的,但是被白蚁侵蚀、被风雨剥蚀的老房子烂草无瓤,烧不了多一会儿。可怕的是瑞拉夫人这样的雕梁画栋木结构,没有年轻的青涩,没有年老的干涩,正值芳华的熊熊之火。要命的是于连点燃这栋房子并不是想和房子一起燃烧,仅仅是供自己取暖。以自己卑微的出身染指如此美丽尊贵的市长夫人,极大地满足了他的虚荣,我想,也包括青春期的寂寞吧?但是在他和瑞拉夫人的关系惹得满城风雨之后,于连感觉到了一种不安,他的人生规划里面并没有给瑞拉夫人一个固定位置。于连离开市长家,到神学院做了老师,接着为显赫的穆尔侯爵做秘书。小伙子一步不落,抓住所有能够抓住的机会,不仅很快立足于巴黎上流社会,而且开始热烈地追求侯爵的女儿马特尔。

并不是因为爱情,于连从来都没有因为爱情,爱情算什么?于连想的是权力,是飞黄腾达,是马特尔"能够把上流社会的好地位带给她丈夫"。年轻的侯爵小姐怀孕了,侯爵不得不同意这桩婚事,给了他们一份田产,一张骠骑兵中尉的委任状,授予于连贵族称号,将他"在三十岁上,就能做到司令,那么到三十二岁,就应该在中尉以上"的野心猛推一步。于连差一点就成功了。

其实人生最惨痛的不是失败，而是差一点就成功了。

就在于连已经可以官宣的时候，气急败坏的瑞拉夫人背后捅了一刀，将他们的关系告诉穆尔侯爵。成功从一步之遥滑向遥不可及，于连恼羞成怒，将枪口对准瑞拉夫人。

一切都结束了，只剩下忏悔的注脚。于连的努力和奋斗被捏成了齑粉。没有人喜欢于连，如果你看到过一个穷人眼里的愤怒，一个野心家心中的火焰，你会知道什么是害怕。因为这种野心所具有野火烧不尽春风吹又生的生命力和遇人杀人遇佛杀佛横扫一切的破坏力，我们无法根除无法阻拦。然而更可怕的是人人心里都有一个于连，无论这个人有没有于连的能力和运气，不缺乏的是于连的野心，所以对于最后瑞拉夫人导致的功败垂成不免心生恨意。如果那个女人是高加林的巧珍，何至于此？巧珍会默默地离开高加林，巧珍不会伤害高加林，因为她爱高加林，即使他背弃了她。瑞拉夫人不是巧珍，不是因为她不善良，她也曾拒绝男人的诱惑，她真诚地痛苦地爱着于连，在爱情和忏悔中饱受折磨，哪里还能面对背叛？她像《雷雨》中的繁漪：我本来已经预备好棺材，安安静静地等死，一个人偏把我救活了。就在瑞拉夫人满心欢喜地拥抱自己重生的时候，于连的抛弃将她推入更深的黑暗中。和繁漪一样，瑞拉夫人只有疯狂，疯狂地自戕，疯狂地同归于尽。

于连太急切了，他急着实现人生的一个个小目标，抓住任何能够抓住的东西攀缘而上，完全顾不上脚下踩过的泥土，还有曾经抓过的给他支撑被他扯断的草木。但是爱一个渴望爱但是极度缺爱的人是危险的。瑞拉夫人虽然并没有被枪杀而死，在于连走上断头台的三天后，瑞拉夫人也死了，死于心碎。

可以有野心，需要有野心，应该有野心。但是扑灭野心的往往不是我们的愚蠢，而是我们的自以为聪明：你以为你点亮了晚餐的烛光，也许引爆的是维苏威火山。

PS：建议有空的时候可以读读毛姆叔叔的《十部小说及其作者》，我读的译本是《毛姆读书随笔：巨匠与杰作》，里面有一章写了陀思妥耶夫斯基、托尔斯泰等大咖，包括司汤达。很好看，我觉得比《红与黑》好看。毛姆有个观点：一个作家能写出什么样的书，取决于他是个什么样的人。毛姆说

《红与黑》中的于连，就是作者司汤达本人很想、然
而又无法成为的那种人。哪种人？一言以概之，很
有女人缘。毛姆很刻薄，很八卦，他刻薄地八卦这
些巨匠的巨作，包括巨匠的疥疮、痔疮，也不怕说
多了口舌生疮。

长日留痕

　　电影《长日留痕》的最后，管家斯蒂文森见到曾经的女管家肯顿小姐。回首往昔，肯顿说，有时候我也觉得自己犯了一生难以挽回的大错。斯蒂文森沉吟了一下，说，谁都难免会有这种感觉。

　　她错过了什么？她错过了眼前这个男人。她曾经用力去抓，但是这个男人身体里英格兰男管家那种执拗是肯顿小姐所无法击败的。和看上去冷漠刻板的斯蒂文森不同，肯顿小姐更为感性，甚至任性。我一直在想，他喜欢过她吗？他承认她的职业能力，但是在男女情感上呢？应该是喜欢的。她和他是那么不同，她和他身边的那些人是那么不同，他怎能不怦然心动？但是，他是个对自己有着严苛的职业要求的男管家，甚至抑制住内心感受，在父亲的弥留之际，转身到楼下客厅，全身心服务于主人举办的会议晚宴。在斯蒂文森眼中，这种类似自虐的克制正是男管家应具备的"杰出"品质，他欣赏效仿甚至沉迷。

所以,他拒绝了肯顿小姐,婚恋会妨碍他的职业。

有一幕。肯顿到斯蒂文森的办公房间,固执而又轻柔地抽走斯蒂文森手中的书,也试图借此走进他的生活。斯蒂文森显得有点狼狈,也许这是一辈子第一次如此暧昧地接近一个女人。他是真的太热爱自己的工作,还是其实是害怕改变?无论什么原因,斯蒂文森为自己竖起坚固的职业城堡,肯顿小姐攻城失败。

他的反省后知后觉,要到他所敬仰并竭力维护的达灵顿勋爵名誉扫地,他服务了三十年的达灵顿府邸岌岌可危,他贡献了一生所维护的一切不再那么正确。因为几十年局限于一所豪华宅子里的阅历和知识的欠缺,他没有自信建立独立的思维与判断,但是在否定达灵顿勋爵的某些行径也就是否定自己的某些忠诚之后,他一定越来越深刻地意识到:失去肯顿小姐,是他这一生最重要的损失之一。

所以多年后,肯顿小姐的一封信就让斯蒂文森驱车前往,随着时间沉淀的爱情不会让他痛不欲生,英国老绅士到死也改不了这一种内敛和节制。

但是，再见见当年的肯顿小姐，坐下来喝杯咖啡，也是一种慰藉。

那么，肯顿小姐错过了什么呢？她错过了另一种人生，她以为会更加美好的人生，但是，你无法叫醒一个装睡的人，你也无法拥抱一个不肯让你靠近的人。那么，就这样吧，正如小说结尾所说："夜晚是一天中最美好的部分。你已干完了白天的工作。现在你能够双腿搁平来休息了，而且要享受人生。"不管是对还是错，我们恪尽职守完成了自己的人生。可以坐下来，伸直腿，享受疲惫后的松弛。

《长日留痕》是英国作家石黑一雄获得布克奖的小说，以达灵顿勋爵的男管家斯蒂文森的视角为出发点，纵观一战后直到二战结束之后十年，英格兰政治、历史、文化、传统与人的思想意识的变化以及社会的没落。帝国的落日余晖虽然怅惘，依旧瑰丽。

我喜欢斯蒂文森，喜欢他的某种坚持，和肯顿一样，即使有遗憾，但不后悔。就是这样，无论我们曾经多么努力和自己、社会，和这个世界兵戈相见、伤痕累累，遗憾在所难免，后悔无从谈起，这是我们所能追求到的最好的人生。

　　所谓的对或者错,是一时之间的判断,充满了狭隘与局限。人生不过是经历或者路过,我想错过的真正意思,不是错误不是过错,只是失之交臂,这一种可能的同时,放弃了另一种可能。而我们通常会以为,放弃的那一种可能会比拥有的这一种可能更好。

　　之所以出现这样的判断,从根本上说,我认为,是我们将手中的这种可能弄砸了。

露姬不见了

　　露姬二十二岁,她是法国当代作家帕特里克·莫蒂亚诺小说《青春咖啡馆》女主角,出现在二十世纪六十年代巴黎的孔岱咖啡馆,这家咖啡馆汇集着一群漂泊不羁的年轻人,他们毫无节制地享受与游戏人生。我觉得法国特别容易滋生也特别应当滋生这样的年轻人,文艺气息浓厚,自我意识强烈,苍白消瘦特立独行。不问来处,不想去处,只活在当下。

　　当下,大家发现露姬不见了。咖啡厅很小,露姬总是从最窄的门进出,总是在最里端的桌子旁落座,总是不和任何人搭讪,默默抽烟,或者看一会儿书,像一个有很多秘密的美丽女人,低调而又引人注目。当她消失之后,莫蒂亚诺以习惯的表现手法开始调查,四个叙述者大学生、露姬丈夫请的私家侦探、作家罗兰以及露姬本人,以第一人称从不同角度讲述自己所知道的露姬。这些片段汇聚起来，是露姬破碎的一生。

她是个舞女的孩子，不知道父亲是谁，总是一个人在深夜里等待母亲回家，等待一点稀薄的亲情。所以很小，她就学会了逃跑，开始了流浪。流浪让一个人习惯甚至沉迷于放弃，因为放弃是保护自己的最好方式，而逃跑是一次新的寻找。所以即使在成年之后，可以操纵自己的人生指向的时候，她还是习惯于选择放弃，放弃一家咖啡馆，放弃一些朋友，放弃丈夫和家，走进另一家咖啡馆。然而这不过是一次重复，在开始熟悉并且让自己成为其中一部分，让其中的一部分进入自己的生活之后，再度放弃。

甚至她并不是露姬，露姬是放弃了前一段生活之后开始新的生活的名字。但是注定这个名字也只属于这一段生活。

"那么，您找到您的幸福了吗？"当露姬出现在孔岱咖啡馆里，当露姬让罗兰这个同样逃离过往的人觉得幸福只是咫尺之遥的时候，露姬再度选择了逃离，这一次她逃离得彻底——从窗台边跳了下去，开始了另一种意义上的流浪。也许不再流浪，而是一次彻底的清零。露姬去了哪里？她哪里都没有去，她很干脆地把自己删除了。

很多人在这本书里寻找着莫蒂亚诺的影子，那种午夜巴黎湿漉漉的伤感，一定浸润着他青春的心情。谁的青春不曾如此彷徨？谁不曾渴望过逃离？我们都是露姬，至少我们的心灵深处都曾经有一个小小的露姬，寻找幸福，渴望逃离。在年轻的时候，被冰冷的忧伤淹没，有一瞬间的决绝，一心想割断所有的羁绊与纠缠，只是我们割不断自己和过去的脐带，割不断自己伸向周围、周围伸过来的无数触角，我们纠缠在一起，无法剥离干净，最后，我们选择怯懦地割断自己脆弱的灵魂。

我们是不完整的，一次次地分割，也许是最真实的自己从窗口一跃而下。没有灵魂的躯体不再纠结，只是看上去很好。

茶花女

茶花不似茉莉花纤弱，也不比栀子花朴素，随身装扮里总是少不了一束茶花的茶花女，这不日常的举止天生就是属于舞台的。

和杜十娘一样出身寒微的乡下女孩玛格丽特来到十九世纪的大城市巴黎，除了卖笑好像也没有第二条路好走。玛格丽特长得好看，所以在这条路上走得光鲜。但是，一个人走了哪一条路，遇到哪一种人就在意料之中了。所以玛格丽特自己也清楚"我过去的生活已经使我没有权利来梦想这样的未来，那我必须对我的习惯和名誉造成的后果承担责任"。在当时的历史背景下，指望演绎《风月俏佳人》，大富翁爱上风尘女并非不可能，但是从此双宿双飞显然不可能，即使过了数百年，社会已经大踏步往前走，主演李察·吉尔也直言不讳：这部电影就是无稽之谈。

我只是觉得，玛格丽特和阿芒的感情是爱情

吗？还是他填补了她内心的寂寞，她满足了他内心的虚荣。玛格丽特生病，阿芒每天来打听病情，却不肯留下姓名；为她轻微的咳喘流下真诚的眼泪；珍藏着她六个月前丢掉的纽扣……玛格丽特对阿芒说："就这样，我一下子就爱上了你，就像爱上了我的狗一样。""你爱我是为了我好，其他人是爱他们自己才来爱我。"因为阿芒爱茶花女，所以茶花女爱阿芒。两种不同的情感指向，让茶花女为自己的内心做出选择。

　　选择之后，茶花女丧失了主场优势，轮到她委曲求全。比如要和阿芒一起去乡下生活，于是自己筹措生活费用，这不是阿芒首先应当处理的问题吗？何况谁都知道这个姑娘怎么筹钱；比如茶花女和阿芒在巴黎郊外租房居住，为了支付生活费用，典当自己的所有；当阿芒的父亲来要求茶花女离开自己的儿子，好让自己的女儿能够体面地嫁出去，茶花女于是和阿芒绝交，等等，都是茶花女在努力。阿芒在做什么呢？这个鲁莽的年轻人，只是一再误解茶花女，一再羞辱茶花女。爱情是为了让谁幸福？是为了让自己幸福，还是让自己所爱的人幸福，抑或让自己所爱的人幸福以达到自己幸福？眼见得茶花女属于最后一种，难不成她心里住着个

茶花女

三○三

天使？

我相信阿芒是爱的，不过更多的是青春的激情；而茶花女要复杂得多，她最后在日记里写给阿尔芒："除了你的侮辱是你始终爱我的证据之外，我似乎觉得你越是折磨我，等你知道真相的那一天，我在你的眼中也就会显得越加崇高。"她要的不是生前欢愉，还有死后他的悔恨和因为悔恨而高大圣洁起来的自己。虽然这个心机显得文艺调调了，但是茶花女付出了生命的代价，大家只好噤声。女人自古要的就不是性，否则人类的情感问题就不会搞得那么复杂。

阿芒怀着无限的悔恨，为茶花女迁坟安葬，并且在她坟前摆满了白色茶花。一个巴黎名妓的故事里，开出如此诗意的花朵，一定是茶花女喜欢的。只是一个风尘女子的内心，如此不真实，怎么可能幸福呢？

米兰达的困局

看奥斯卡获奖电影《房间》，立刻想到约翰·福尔斯的《捕蝶者》。相比而言，《房间》的内涵要单一点，女孩乔伊被邻居囚禁性侵，生下了一个儿子。随着孩子长大对外面世界的好奇，乔伊精心策划逃出了囚禁七年之所。同样一个被囚禁的故事，《房间》于残忍中却有温情，因为爱的力量冲破了牢笼。但是《捕蝶者》阴暗惊悚，除了被扭曲的人性，被窒息的死亡，还有被继续的囚禁之网正在向另一个年轻女子张开的恐惧。

《捕蝶者》又名《收藏家》，小职员克莱格性格孤僻，精神扭曲，唯一的爱好是采集制作蝴蝶标本。因为彩票中奖一夜暴富，克莱格萌生并付诸实践：绑架并囚禁了一直爱慕的艺术系女生米兰达。除了自由，他满足米兰达的一切要求，直到米兰达因为肺炎死去。他将收藏目标投向另一个女孩。

对于克莱格的解读相对来说要容易，因为在成长过程中没有得到温暖和相应的教育，他内向、自卑，思维能力有限，压根就无法正常地去爱与被爱，他的爱就是占有，像收藏蝴蝶标本一样收藏自己喜欢的女人，独自享用，这种享受也是扭曲的，他囚禁了米兰达，从来没有侵犯她。她是件会呼吸的"藏品"。

奇怪的是米兰达为何在这样的困局中没有自救呢？不是没有机会。有一次米兰达用斧头击伤了克莱格，如果她继续击倒克莱格，就可以从被废弃的教堂的地下室里走出去，获得自由。但是米兰达放弃了，她放下斧头，也放下了自己的生命权。她向克莱格道歉，为克莱格包扎伤口。这是一种愚蠢的善良。如果解释成"斯德哥尔摩情结"，分明米兰达并没有爱上克莱格，她鄙夷他，怜悯他，她想挽救他，因为她属于他认为的"更高的阶层"，因为她对自己所处的境地并没有充分的认识。她尝试用自己的标准改变克莱格，关于生活、关于艺术、关于道德。她来自衣食无忧的中产阶级，受过良好教育，读了很多书，有很多朋友，这些都是克莱格的对立面，而且她很年轻，对社会的认识是肤浅的，所以她会有理想主义的幼稚。也因此，米兰达其实无法理解克莱格，她无法从一开始就清楚克莱格的无法改变。而克莱格同样无法理解米兰达，他说："我从米兰达那种温文尔雅、满肚子鬼点子的女人身上，永远得不到我需要的东西。"他需要的是什么？需要的是被米兰达接受，对米兰达的掌控，也就是对人生的掌控。这是变态的，但是克莱格的认知只能停留在这样一步。

有时候知识和教养是一种囚禁，让人的行为受到桎梏，妨碍按照本能来行为。米兰达在囚禁中完成自我心灵的锻造，但这种锻造对于生存本身并没有意义。克莱格知道这个自己无法理解的女孩是好的，但是他不知道什么是不好的，他的世界里良莠都理直气壮地存在着。这种存在让米兰达的努力和牺牲毫无意义，也让米兰达所代表的优雅、智识无足轻重。

玛丽娅的两面

　　叫玛丽娅的女人太多,这位是二十世纪初法国作家莫里亚克的小说《爱的沙漠》中的玛丽娅。这部小说奠定了莫里亚克在法国文学史上的地位。

　　莫里亚克的玛丽娅是美丽与坏名声、清高与虚荣、坦诚与虚伪、聪明与罪恶并存的矛盾体。一方面她有思想有头脑,一方面却又懒散自私。她喜欢读书,倦于做家务,虽然作为一名专职家庭主妇不算合格,但是谁说女人就一定要围着锅台转呢? 没准还是个潜在的职业女性。但是在丈夫去世之后,轻松慵懒的生活陷入困境,高昂的房租,低廉的薪水,独立生活的艰辛,虽然不屑,虽然不承认,玛丽娅成了事实上的情妇,所谓语言的巨人行动的矮子,和很多人一样,精神世界的独立代替不了现实生活中的软弱。

　　出生于中产阶级家庭的父亲医生保尔和儿子雷蒙同时爱上了这个小城著名的年轻寡妇。保尔家庭生活不幸福，与妻子无法沟通，意图在玛丽娅这里寻求感情慰藉，十七岁的儿子则更多的是一种本能的青春期情感冲动。美丽是一个女人的光环，书卷气也是，而且是个很有品位的光环。其实坏名声也是，因为坏名声，有的男人觉得自己也可以分一杯羹，有的男人相信自己有拯救堕落天使的能力，有的不为什么，单是坏名声其中就有令他赴汤蹈火的魅惑。

　　眼睛又大又安详的玛丽娅没有选择医生，她保持与医生的友谊，抨击自己的可耻，并非她知耻而后勇，而是藉此希望得到认同；雷蒙曾一度勾引了玛丽娅的欲望，但年轻人青涩的爱情无法满足她精神的空虚。她的拒绝与引诱都是自私残酷的心机，这个女人拿着堕落的通行证却念念不忘高尚的墓志铭。她清醒地堕落着，不唯如此，她头头是道地分析走到这一步的社会原因与性格因素，认知准确，剖析深刻，自我批判毫不留情。她以堕落为耻，却无力自拔，她向往纯洁，却以肮脏的方式获得。在纯洁与罪恶之间、善与恶之间、幻想与现实之间纠结的女人说："没有丈夫，没有孩子，没有朋友，在世界上肯定没有人比我更孤独"。

　　唯一的不自知是，玛丽娅不知道自己为什么如此孤独，以至于最温情的家庭也无法使她摆脱。因为她的内心是一片荒漠。有的人心底总会有一抹绿色，顽强地存活，于筚路蓝缕中保持生机；也总有人心底总会有一片荒漠，无论是引水下雨种植沙拐枣、梭梭都无法绿化，当荒漠以无法控制的强大的传染力不断吞噬着，玛丽娅最后"填平了她的荒漠中的最后一眼井，剩下的只有沙子了"。沙子之上，能生长什么呢？

一枚硬币有两面，一个人也有两面，所谓的表里如一并不真实，不过是这两面不是截然相反而已。其实我们的心里，都有绿意，也都有沙砾。谁没有两面？

丽莎,纯洁的丽莎

丽莎,屠格涅夫小说《贵族之家》中的贵族小姐,主人公钟爱的女子。

俄罗斯文学太过宏大,我只是掀起繁丽厚重的帷幕偷窥一眼。《贵族之家》的故事发生在十九世纪中叶,贵族知识分子拉夫列茨基有社会责任感,对现实有想法,却不知道究竟该做什么。感觉有点儿像咱们的贾宝玉,既重要又无用,既深刻又无能。

和贾宝玉一样,在巨大的社会矛盾面前无措的拉夫列茨基,通过追求个人情感实现幸福感。但在他尚且年轻缺乏经验和洞察力的时候,就被一个经验丰富手段娴熟的女人瓦尔瓦拉诱惑。用他自己的话来总结就是"当时,我年幼无知;我上了当,我被美丽的外貌迷住了心窍"。人最要命的不是上当而是知道自己上当了——他撞破了妻子与其他男子的亲密关系。出现在《贵族之家》时拉夫列茨基是一个失意的中年男子，他造访表姐，遇到了表姐的女儿："在一扇门的门口出现一位身材苗条、个子高挑、年方十九的黑发少女——丽莎。"

对于拉夫列茨基来说，在经历了一个魔鬼老婆之后，善良、理性、忧郁的天使少女其美好程度大大抚慰了他被蹂躏的情感。他们相爱了，尤其瓦尔瓦拉放出烟幕弹——去世了。拉夫列茨基与丽莎的爱情前景"桥都坚固，隧道光明"。但即使以屠格涅夫的温柔，他依然不能改写《贵族之家》的悲剧性。瓦尔瓦拉突然回来了，拉夫列茨基与丽莎的感情走上死路。拉夫列茨基无法摆脱妻子，无法洗白自己已婚的现状，他又不知道该怎么办了。相反，丽莎勇敢地面对困局，这个正直的少女说："上帝结合起来的，怎么能拆散呢？"纯洁的女孩子进了修道院。她的理由是这样的："我全知道，我自己的罪孽，别人的罪孽，还有爸爸是怎么攒下这份家当的，我统统知道。这都得需要祈祷，祈求赦免。"赎罪观是贯穿基督教信仰始终的一个观念，丽莎将自己的青春和生命呈在祭坛上赎罪。

信仰是丽莎放弃爱情并且遁入空门的力量所在。有信仰的人是可敬的，有时候，也是可怕的。有点儿执迷，有点儿迂腐。丽莎没有瓦尔瓦拉的手段和心机,这是这个贵族少女最令人敬佩的地方,高尚是高尚者的墓志铭,卑鄙是卑鄙者的通行证。卑鄙的人也许更容易得到世俗的幸福,但纯洁高贵的品质无论在哪里都是弥足珍贵的。

八年过去了,春天又来了。游魂一样的拉夫列茨基来到初遇丽莎的房子,久久无法走出。这八年中他的生活终于完成了一个转变,只是无论如何,丽莎已经从他的生命中消失了。"据说,拉夫列茨基曾经去过丽莎隐居的那座遥远的修道院,——而且看到了她。她从一个唱诗班席位去另一个唱诗班席位的时候,曾经从他身边走过,迈着修女的那种均匀、急促而又恭顺的步伐走了过去,——而且没有朝他望一眼;只是朝着他那一边的那只眼睛,睫毛微微颤动了一下,只是把自己瘦削的脸往下俯得更低了些——而且她那攥着的双手上缠绕着念珠的手指也互相并拢,攥得更紧了。"她的睫毛真的颤动了吗?还是拉夫列茨基的眼睛模糊了?

俄罗斯文学曾经对中国的读者产生过巨大影响,尤其是对二十世纪四五十年代出生的读者。我想在他们已经满是褶皱的心灵深处,一定矗立着一个纯洁得近乎神圣的少女,散发着金沙金粉的光泽,对,就是丽莎。

那个叫秋·张的女孩

秋·张这个翻译成中国名字、电影中真的有一张亚洲面孔的女孩是哈利·波特的初恋。

这个美丽的女孩最初是哈利的校友塞德里克的女朋友,塞德里克优秀到可以代表霍格沃兹魔法学院和其他两所魔法学校的优秀代表参加三强争霸赛,并且和波特一起闯入决赛。而且比起其他几个参赛选手,包括开外挂的哈利,塞德里克更具实力。当哈利鼓足勇气邀请秋·张参加舞会的时候,秋·张告诉他已经答应了塞德里克。哈利无话可说。

等到塞德里克死了,哈利终于有机会再度向秋·张示好。这真是一段非常非常美好的感情,但是命中注定,哈利摆脱不了与生俱来的阴影,他的爱情也是战斗中的爱情,并且很快遇到了前所未有的打击:哈利带领大家偷偷练习魔法,秋·张泄密让有求必应屋暴露。即使后来知道是乌姆里奇逼迫秋·张喝了吐真剂，但是一切结束了。青春的情感更容易夭折，因为一点瑕疵都不能接受。

这真令人丧气，对于爱情而言，几乎无所不能的魔法也是无能为力的。唯一一个在小说中利用魔法让自己得到爱情的是伏地魔的母亲，终于不甘心凭借魔药保持一个男人对自己的爱情，她放弃了非常手段，那个男人的爱情立刻消失，最后她死于被抛弃。

后来哈利和金妮走到一起。罗琳给六卷本的《哈利·波特》续了个尾《哈利·波特与被诅咒的孩子》，十九年后哈利如愿在魔法部上班，有三个孩子，枯燥的工作，新烦恼是叛逆期的儿子。和金妮的婚姻没有问题，也没有激情，魔法世界里亮闪闪的人物，和麻瓜世界里中年人一样生活和情感进入了疲倦期。他爱金妮吗？当然。当然之后就无话可说，好像是不得不爱。他们结婚了，而且金妮太踏实，可以一把将哈利拽回暖烘烘的生活。

爱情是跟自己的较量，魔法帮不上忙。当年哈利在槲寄生树下第一次亲吻秋·张，他们正在谈论塞德里克，他看见了她睫毛上的每一滴泪水。罗恩问哈利亲吻秋·张是什么感觉，哈利说"湿的"。这个章节比哈利所有的感情生活都来得动人。这是爱情。婚姻是和金妮这样，互相支持，互相理解，互相信任。爱情是彼此之间的心跳、犹豫、纠结，爱情的亲吻，是湿的。波特会忘记秋·张吗？也许。他和一个自己爱的女孩恋爱，然后和一个适合的女孩结婚，这是最没有神秘感的选择。但是藏在心灵与记忆深处的一点绿洲，即使全部被生活荒芜了，长不出什么了，那一点还是绿的。

那个叫秋·张的女孩后来怎么了？在塞德里克和哈利之后，秋·张耀眼的光芒突然黯淡下去。就像我们记忆中学校或者邻居某个最光彩夺目的女孩，忽然某一天灵气消失了。这就是成长，成长打开了我们的眼睛。成长也打开了秋·张的眼睛，让她从哈利的光环中走出来，做真正的自己。有的人，被光环炫得眼花缭乱，一辈子没有走出来。也许，那并不值得。

苔　丝

　　苔丝不纯洁。她曾经被爱慕虚荣的父母派到一个富老太婆家去攀亲戚,被那家少爷亚雷诱奸。

　　后来苔丝做挤奶姑娘,认识了安吉·克莱尔,并相爱订婚。新婚之夜她向丈夫坦白,安吉无法接受,远走巴西。苔丝遇到了成为牧师的亚雷,欲望如同潮水,亚雷放弃神职,纠缠着苔丝。这时苔丝父亲病故,母亲和弟弟妹妹们的生活陷入困境,无望的苔丝只好与亚雷同居。但是命运总是戏弄卑微的人,安吉回来了,他找到苔丝表示悔恨。苔丝非常痛苦,幸福在此刻几乎唾手可得,却与她永远没有关系。苔丝认为亚雷又一次毁掉了她的幸福,她杀死了亚雷。

　　《德伯家的苔丝》是英国十九世纪著名作家托马斯·哈代的小说,我接触托马斯·哈代最早的是《远离尘嚣》,也是一段发生在农场的爱情故事,略有曲折,最后花好月圆,没有《德伯家的苔丝》惨烈，一种戏谑感的惨烈。比如苔丝早就想向安吉坦白，总是错过；比如，安吉如果早回来，苔丝不会和亚雷在一起；如果安吉不回来，苔丝跟亚雷也就过下去了。虽然苔丝不爱亚雷，但是亚雷爱苔丝。结果这个搅局的安吉来得不早不晚，他简直是来砸场子的。这个像亚雷爱着自己一样疯狂爱着安吉的女孩子怎么办？守得云开，结果同一个阴沟掉了两次。单纯的姑娘，有时候有着无法估量的邪恶，她手起刀落，杀了那个一而再给她的人生使绊子的男人。

所以我不喜欢《德伯家的苔丝》，人人都有自己的委屈，人人都有点不可理喻。比如亚雷，小说一开始就设定他是个坏人，可是他对于苔丝的死缠烂打里也有一份爱，让他无法定格为完全的恶棍。比如苔丝，当年的失身也有自己的软弱，后来的屈就也有自己的企图，不是完全无辜。最可谴责的人是安吉，他不顾父母的反对，放弃了神职，放弃了剑桥大学，选择过农民的生活。这位有个性、有独立思想的完美男子。当苔丝原谅了他曾经的放纵，他却无法原谅苔丝。固然可以理解为虚伪的社会道德错误定义了纯洁，但是安吉的掉头就走太自私。从这一点来说，安吉和亚雷的爱在本质上有什么高下之分？亚雷的爱是被欲望驱使，安吉的爱，是理想化作祟。他们爱的都是自己，一个是肉体的欢愉，一个精神的满足。跟那个美丽又不够强悍，纯洁又不够坚定的苔丝有什么关系？

苔丝是个单纯的姑娘，因为单纯所以容易偏执，因为单纯所以不够理性，也因为单纯所以不够坚强。她没有足够的理性躲过亚雷，没有足够的坚强拒绝亚雷。不能说上帝没有眷顾她，上帝给了她两次机会，但是时间安排失误。这个姑娘把账全算在了亚雷的身上。安吉没有责任？有，可是她爱他。

杀了亚雷，和安吉过了五天自由幸福的生活，然后被捕被绞死。不过在此之前，苔丝把像自己一样美丽但是比自己纯洁的妹妹安排给安吉。在她死后，安吉带着纯洁的妻子开始了新生活。小说结尾引用了埃斯库罗斯的话："诸神之主跟苔丝所开的玩笑到此结束了。"没有人觉得诸神之主跟亚雷也开了个玩笑？

一个陌生女人的自燃

斯蒂芬·茨威格《一个陌生女人的来信》讲述了一段刻骨铭心的爱情故事。一个女子暗恋作家多年,茨威格写小说的时候作家在民众眼里是很高大上的,当然当时作家本身也是高大上的。陌生女人甚至委身过这个男人,还怀孕产子,这一切作家并不知情,甚至对面不相识,他不过是个风流成性的花花公子,习以为常与任何女人的一夜情。她独自抚养孩子,默默爱着孩子的父亲,直到这个孩子死了,她丧失了一切希望,自己也濒临死亡,才以一封长信的形式向这个男人告白。

这是一腔滚烫的爱情倾诉,但是死亡像冰冷的双手,抚摸着滚烫的面颊。一封以爱情为注释的遗书,以生命为代价的情书,满满奔涌着一个女人的单相思,也是一个女人的疯狂,她疯狂地把自己的头摁到了水里,直到窒息而亡。

她的单恋让她的一生热乎乎地冰冷彻骨。

她的爱人，虽然直指小说中的作家先生，但是她爱的不过是她以为的男子，从头到尾，她爱着的人寄托在作家的躯壳上。这种缺乏理性支撑的情感更类似于少女时期的自我陶醉。很多女孩子在年轻的时候或多或少都会有一段单相思，对于偶像的热恋似的单相思其纯度虽然比不上陌生女人对于作家先生的，但是它们在一定程度上是同一种情绪的发酵。相比而言，陌生女人家世清寒，是个普通女人，而作家先生才华横溢，相貌出众，这种从硬件不对等导致的软件不相称，这种因为无法平等对话导致的自卑将男人的美好无限放大。

读《一个陌生女人的来信》，感受到看似平静的涓涓细流之下，磅礴汹涌的激流，她独自起舞的疯狂，暗自燃烧的激情，迸射着让人慌忙闪避的火花。我想，他会怎样？对于将自己顶礼膜拜、愿意毫无保留付出的女人，男人会感动吧，至于感动之后会怎样，那就难说了。她死了，即使她不死，在道德上和法律上，他对她也没有任何责任、任何亏欠。

孤注一掷的女人，往往能够穷其一生源源不竭地输出自己，不需回应的单方面地输出。如果她喜欢这样，如果她愿意这样，如果她无法站到这个男人对面说，我爱你，而宁肯从门缝中偷窥，那是她自己的事情。即使暗恋让她付出了生命的代价，你也无法指责一个人的爱，就像无法指责一个人不爱一样。但是我们也不能拔高一个人的爱或者不爱，那种来自生理和情感的温度，能够燃烧到多少度，是外人无法左右的，也是不该置喙的。

男人的一夜，充实了女人的一生，也终结了女人的一生。爱情是美好的，爱情也充满了罪恶，人借爱情之名，放纵了自己的理性。暗恋，最感动的往往是自己，它是一种可怕的自燃。而爱到把自己烧着了，那个男人却只隔岸观火，更是令人唏嘘的。

薇薇的冷酷

薇薇是萧伯纳的小说《华伦夫人的职业》中华伦夫人的女儿，华伦夫人的职业很不名誉，她是一个开妓院的。

这并不是华伦夫人心甘情愿的选择。出身贫苦的华伦夫人也曾备受歧视和凌辱，在目睹了那些诚实为人、辛勤劳作的女人的艰难谋生以及免不了仍然会濒临死亡的现状，华伦夫人改变命运最简单的路径就是出卖美色。这是第一步，华伦夫人是有想法有追求的，她并不满足于此，而是很有远见地通过努力成功发展为多个妓院的老板。知道这份职业带来的财富和地位不够光鲜，华伦夫人隐瞒真相，从小就将女儿薇薇送到寄宿学校接受贵族式教育，也很少和女儿见面。因此，母女关系很冷淡。

成年后，得知母亲所从事的职业，以及当时的苦衷，第一次薇薇原谅了母亲。第二次，在得知母亲已经挣够了钱,还要继续从事这个肮脏的职业后,薇薇选择了和母亲恩断义绝。其实两次,我都不认为薇薇有什么资格去原谅别人。一个衣食无忧,并且接受了高等教育的年轻女性,容易自负自大,居高临下,觉得自己有原谅的资格。她没有反思,让自己可以自命不凡的根源是在于自己接受了高等教育,高等教育培养出她的高傲与自尊,但是这高等教育的背后是谁支撑的呢?就像华伦夫人所说:"挨饿当奴隶,你还能不能保持自尊心?没有自尊心,女人还值什么钱?生命还值什么钱?"薇薇没有挨过饿,薇薇的自尊心没有被伤害过。同时薇薇也没有接触到社会最真实的一面,更无从接触到社会的残酷和丑恶,她对于社会的见解以及母亲的理解是浅薄的。所以她不能宽容地看待社会的多面,包括自己母亲的另一面。华伦夫人所说的"你认为我干那种事是因为喜欢干,或者是觉得干得对才干的吗?你认为我要是有机会,我不愿意上大学做上流女人吗?"在薇薇这里,还需要时间和阅历来提供理解的可能。薇薇可以自由选择自己的生活方式,但是她不认为母亲可以自由选择自己的生活方式,因为这种方式是她不赞成的,虽然她选择的生活也并不为母亲所欣赏。

华伦夫人没有受过教育，是一个在社会的学堂里摸爬滚打出来的女人，所以她会对女儿说，结婚也无非是从一个男人那里沾点好处。而薇薇是新女性，热爱工作，对于婚姻和男人都很不屑。这样截然不同的两种女人固然是成长环境的迥然导致，也是受教育程度的不同、对于情感的选择不同导致的。对于华伦夫人来说，薇薇是她愿意付出给予的对象，而对于薇薇来说，母亲更多的是一个称呼，而缺乏感情的寄托，遑论付出。所以薇薇决绝冷酷地离开，并没有太多感情羁绊，她的偏激，很大程度上也因为母女关系的冷漠。至少冷漠的母女关系，助长了她的偏激。

只是，决绝和偏激并不是解决问题的最好方式。薇薇通过与母亲的决裂实现的是自我拯救，她和她的出生、和成长中的肮脏一刀两断。当然，我并不认为这有什么该被指责的。每个人的包袱只有自己去背，而不能转嫁别人，即使是至亲的人。这有助于社会发展和人类进步，否则，背负一代代累积的包袱，谁还能轻装上阵。

华伦夫人的包袱是华伦夫人所承载的生活的

重量,薇薇也有她所要承载的东西。只不过,站在过来人的角度去看,有时候,年轻人自私到冷酷,这也是世间的悲欢所不相通的地方。

命运是道单选题

　　我喜欢英国文学，从奥斯丁到托尔金，那里有一个奇妙的世界，可能是世俗的也可能是魔幻的。还有世俗生活中的神秘，比如法国中尉的女人萨拉。

　　因为这部《法国中尉的女人》，约翰·福尔斯被评论家称为"后现代主义作家"。据说福尔斯创作缘由是他曾经看到一个女人孤零零地站在空荡荡的码头眺望大海。这个女人的形象是神秘的、浪漫的，福尔斯认为那是一个被英国维多利亚社会遗弃的人，他忍不住不写。

　　小说中的萨拉名誉败坏，据说她曾经被一名法国中尉玩弄且抛弃，这对于当时的女人而言是个毁灭性的污点。中产阶级绅士查尔斯婚约在身，他的未婚妻富有且美貌，但当查尔斯邂逅站在河边怅望远方的萨拉，这个个性独立、充满神秘气息的女子吸引了他。这一章节很像《纯真年代》的故事，男人要娶白玫瑰，却轻易被红玫瑰吸引。当他们真的在一起的时候，萨拉的处子之身让查尔斯明白所谓的法国中尉的女人纯属虚构。

萨拉不惜以声誉为代价捏造了这样一个故事。为什么？这使萨拉成为斯芬克斯一样具有诱惑力的谜团。是因为不满于自己的卑微？是以虚构制造自己魅力？是改变自身命运的手段？但是在俘获了查尔斯之后，萨拉却转身离去，穷追不舍的是查尔斯。失去了继承权、失去了婚约之后，查尔斯找到了萨拉，但是他并没有得到萨拉，现在他们的位置截然当年。萨拉不再是当年怅望的家庭女教师，她穿着体面举止优雅，她有足够的自信和独立拒绝查尔斯的爱情。为什么？虽然这是在谎言下产生的爱情，查尔斯的苦苦寻觅不是已经证明了谎言不是爱情的障碍？

作为家庭女教师，萨拉的社会地位低下，却远远优越于当时绝大多数人的社会进步意识。仿若一个二十世纪的女人穿越回到维多利亚时代。与其说她的神秘感是她等待的身影，她莫名的谎言，不如说是她先行一步的思想。因为这一点，我们从来不担心萨拉的人生，离开了查尔斯，她一样会活得很好，也因为这一点，萨拉让我们觉得够心机。

福尔斯用维多利亚时代的语言、文体在《法国中尉的女人》中重现那个已经有百年之遥的时代。查尔斯最大的障碍是时间，他爱的是另一个时空的女子。不管萨拉对查尔斯的所作所为是否够厚道，人们还是无法忘记那个每天站立在海边的黑头发的年轻女人，她眺望着地平线的身影。她是个说谎的女人，但是就是忘不了她。

小说是开放式结尾。一个是查尔斯和未婚妻结婚生子，一个是和萨拉在一起，还有一个是查尔斯失去了她们，独自走在河堤上，和当年他在河堤上见到萨拉一样，只不过现在，他需要面对的是自己布满鹅卵石的内心。生活之河充满了神秘的法则和神圣的选择。这是福尔斯在小说结尾所写的，我觉得还有一句话：命运是个单选题。

娜拉出走之后

《玩偶之家》是挪威戏剧家亨利克·易卜生的作品,两百多年前的社会剧。

女主人公娜拉美丽可爱,她真诚地爱着丈夫海尔茂,为了替丈夫治病偷偷冒名借债,自己熬夜抄写文件挣钱还债。海尔茂对娜拉也很宠爱,宠爱到为了让娜拉感受到这份爱,他希望娜拉遇到什么危险,让他有机会去英雄救美。危险真的来了,债主拿着娜拉的借条找上门来,娜拉冒名举债这件事如果公之于众,势必危及海尔茂的社会名声和地位,海尔茂立刻变脸,大骂娜拉,扬言剥夺娜拉教育子女的权利,甚至要将娜拉赶出家门。但是当债主受女友感化,退回冒名借据时,海尔茂转变态度,表示饶恕娜拉了,而且要永远爱护娜拉。易卜生上演了一场夫妻本是同林鸟,大难未到他先飞的闹剧。

患难之中更容易暴露本性。经此波折,娜拉看清了丈夫的真面目,也看清了自己的处境,对所谓的爱情，所谓的法律、道德、宗教产生了严重怀疑和激烈批判，她向海尔茂宣称："首先我是一个人，跟你一样的人，至少我要学做一个人。"失望的娜拉，也可以说觉悟的娜拉选择离家出走。

易卜生将娜拉推出了家门，但是这个父亲的玩偶、丈夫的玩偶在走出家门之后怎么办呢？易卜生没有给出回答。1923年，鲁迅在北京女子师范学校文艺会上有个著名的演讲《娜拉走后怎样》，他的答案是：娜拉出走之后不是堕落，就是回家。无论是易卜生还是鲁迅的社会环境下，堕落是一个女人最简单的生存方式，回家是最简便的生活方式，虽然这让娜拉的出走成了一次小媳妇的负气和撒娇。鲁迅给摔门而去的娜拉们以现实的刺戟："人生最苦痛的是梦醒了无路可以走。"鲁迅以笼中之小鸟取譬，禁锢在笼子里失了自由，可一出笼门，外面凶猛的飞禽又让小鸟无处容身。所以鲁迅说："第一，在家应该先获得男女平均的分配；第二，在社会应该获得男女相等的势力。"也就是，无论是在家庭或者社会中，男女平等，劳动平等，报酬平等。地位平等是先于出走要解决的问题，否则出走解决不了任何问题。

恩格斯说："妇女解放的第一个先决条件就是

一切女性重新回到公共的劳动中去。"伍尔芙说："女人要有闲暇,有自己的屋子,有一小笔钱。"伍尔芙所指的那些为自己争取到写作权力的女人,而对于出走的娜拉们来说,当务之急是经济独立。只有经济独立,精神才能独立,才能真正地解放。也真的才能说走就走,走得义无反顾。

当然,当年女性争取到回到公共劳动中的权利,如今又有很多女性选择回归家庭,放弃经济独立,也即娜拉如何回归家庭以及回归之后怎么办,这是另一出社会剧。无论易卜生们如何冷静,鲁迅们如何深刻,社会问题永远层出不穷。

诚实有时候是可笑的

莫泊桑的短篇小说《项链》讲述了一个下层职员的妻子，有幸参加上流社会的一次舞会，为了把自己捯饬得好看一点，她借了女友、一位银行家太太的项链。舞会上她大出风头，但是乐极生悲，那串项链丢了。夫妻俩为了买一条同样的项链，先是借了一屁股搭两胯的债，后半辈子为了还债节衣缩食，吃尽苦头。

在辛辛苦苦将债务还清的十年之后，苍老憔悴的女人遇到了依然美丽的银行家太太，很高兴地告诉对方自己当年这一段一直未被发现的曲折。银行家太太握着女人的手说：那串项链是假的。

这是我们初中时候曾经上过的语文课，甚至还续写了这篇文章。我们做课文分析，几乎一致认为马蒂尔德这么倒霉是因为她太虚荣。不虚荣，你借人家项链干吗？不借能丢？光着脖子不行吗？现在回头看看，未免质疑，这算什么虚荣心呢？一个漂亮女人，没有机会坐在宝马里，但是她坐在自行车后面幻想一下宝马也是虚荣？幻想也是分等级的吗？一个年轻漂亮的女人，有机会参加上流社会的舞会，可是她男人不能提供体面的装扮，为了体面地出现在体面的舞会上，她借了朋友一串项链。这跟虚荣有半毛钱的关系？如果这是虚荣的话，那么，不虚荣的马蒂尔德应该是什么样的？她长得好看，她嫁了个小公务员，她的小公务员老公没有经济能力，她嫁鸡随鸡嫁狗随狗，嫁根扁担横着走，由内而外安守本分，安贫乐道，毫无怨艾。《项链》中的马蒂尔德并没有抱怨，只是心里翻滚了一些念头，可是连翻这些念头看来也是不对的。精神出神也是出轨，意淫也是放荡。马蒂尔德要做一个不虚荣的女人，那就不该冒那些灯红酒绿的念头，冒了念头了，然后还借了项链打扮自己了，就是虚荣了，这都哪跟哪的事儿？

难道说，马蒂尔德开开心心地跟老公喝着加了水的肉汤，把身上的衣服补了又补，看到老公弄来的舞会请柬，然后穿着打补丁的裙子就去了，衣裳破旧反而衬托出女主人公贫贱不能移的自尊。让那些穿得金光闪闪的女人们自惭形秽吧，把金子珠宝堆砌在身上也掩盖不了她们的虚荣。是不是这样？

我不知道莫泊桑想借马蒂尔德说什么，就像我也搞不清楚马蒂尔德有什么可笑的，她那一点正常的自尊心将她钉在虚荣的十字架上。一个女人胼手胝足十年还钱，搁现代社会说明她的诚信，足可以入选"我们身边的好人"。一串假项链早早熄灭了她迟早会熄灭的对不同阶层的渴望。这不是马蒂尔德的悲剧，也不是上流社会的闹剧，其实只不过是小人物的意料之中的小意外，既不够悲剧的格调，也攀不上喜剧的门槛，小人物哪里能够左右自己的命运？

包赛昂夫人的爱情

生命诚可贵，爱情价更高。包塞昂夫人的爱情没有标价，作为彼时贵族社会的时尚人物，她的爱情和她的门第一样高贵，也一样装饰性多过实用性。

不过越是具有装饰性的东西，越是能够满足人对于上层社会的向往，满足自己的虚荣心和社会的成就感。在巴尔扎克《人间喜剧》中，包赛昂夫人，作为名门贵族，"她的府第被认为是圣日耳曼区最愉快的地方"。可以脑补这位长袖善舞的沙龙女主人，有钱有闲有趣有地位，当时新兴的资产阶级还在为脱不了暴发户的嘴脸深感自卑，以能够置身于包赛昂夫人的贵族沙龙为莫大的荣幸。当然，如果和这样的贵族女士恋爱，无疑很为自己加分。所以包赛昂夫人身边并不缺乏男人。当然，包赛昂夫人的情人都是那些和她门第相当的男人。

爱情当然不能以金钱来衡量，但是我们都知道太廉价的爱情其实都是有水分的,不过包赛昂夫人并没有意识到,她美丽的容貌尊贵的出身让她有充分的自信,相信她的魅力,也是相信与她门第相当的男人对于女人的品位。目前她最爱的是阿曲德,但是阿曲德因为二十万法郎利息的陪嫁娶了资产阶级暴发户的女儿。备受打击的包赛昂夫人只好含悲忍泪隐居乡下疗伤。凯斯顿男爵慕名而至,攻垒成功,不过九年的欢娱也没有抵挡得住四万法郎年租的诱惑,凯斯顿男爵另娶他人。贵族的光环没有抵挡得住金钱的冲击,被同样的姿势打了两次脸,包赛昂夫人尊贵的爱情再一次栽在滚烫的法郎手里。背后,是新兴资产阶级战胜了封建贵族,昂昂然登上了历史舞台的中心位置。包赛昂夫人们高贵的门庭渐渐失去光环,日益衰朽。

门楣是尊贵的,但是没有财富作为支撑,也是摇摇欲坠的。不是说包赛昂夫人没有钱,只是她的钱无法和新贵的资产阶级们相提并论。那些追逐她的贵族们,虽然爱慕她的美丽她的高贵,同时,也许同样重要的是,和包赛昂夫人恋爱不需要花钱,包赛昂夫人不缺钱。无论是阿曲德还是凯斯顿,和一位美丽的高贵的同时不需要花什么钱的女人谈谈情,说说爱,不仅仅是时髦的,快乐的,满足虚荣心的,也是实惠的。包赛昂夫人有没有意识到这一点呢?她那么自信,毋宁说她相信爱情,不如说她相信自己的魅力,很多处境优越的女人包括男人往往看不到是平台升高了自己,而是宁愿相信即使没有这个平台自己一样具有魅力或者是能力,这种自信一叶障目地拉低了人的理智,对于包赛昂夫人而言,她实际上不过是一所那些顶着贵族头衔打着爱情招牌的男人们廉价的寄宿学校,在她这里历练一番而已。

生命诚可贵,爱情价更高。可是谁也无法撼动金钱至上的地位,包赛昂夫人的爱情,于是被出价更高的人买走了。虽然她的爱情因为她贵族出身而自带光环,但是阿曲德和凯斯顿要的是立刻变现。当然,巴尔扎克本人也是如此。

这锅不能单叫娜娜背

　　娜娜是个穷人家的女儿，小小年纪流落街头沦为暗娼。在一场裸体演出中，她艳惊四座，成为巴黎上流社会的交际花。娜娜有着美艳的肉身，并充分利用了肉体的魅力，她诱惑了无数达官贵人，这些人都倾其所有供娜娜挥霍，而他们中的每一个人也不可避免地遭到厄运，有的破产，有的自杀，有的入狱。红颜祸水，娜娜直接就是毒药。

　　和很多文学家笔下同类型女人不同，娜娜堕落却不自知，也不自怨自艾，她勾引这些男人，享受这些男人提供给她的物质生活，既贪婪、自私，对自己没有憧憬，对生活没有奢望。不自知的人有时候格外轻松，男人只是她的工具，她对这些为自己利用，利用完了就弃之不顾的工具并没有真实的感情。在泛滥的肉欲中，只有现实的掘金。这一下子就将娜娜的堕落搞得很低端，我们总觉得她们应该是被迫的，应该是不甘的，应该是不得已的，这才符合我们的道德洁癖。可是娜娜是这样的自得其乐，人家无法站在道德制高点去同情她。

粗俗总是免不了愚蠢的一面，我们还是希望在另一个高度去谴责她。所以娜娜又愚蠢地被欺骗侮辱。她居住在华丽的邸宅，没日没夜过着穷奢极侈的巴黎生活，那些家具商、供应商以至理发师，都蝇攒蚁附在她身上。她骗男人，也被各种人所欺骗。她天真到不会算计，所以总是亏空，所以总是出卖自己弥补。她羡慕从良的妓女，所以忍受着方堂的毒打，希望有和他一起生活的一天。虽然我们都知道这不过是娜娜的一厢情愿而已。有一个细节，在乡下，娜娜冒着大雨去摘草莓的一幕，展现了她朴素的一面，还有娜娜真诚地爱着她的非婚生子，这也是娜娜这个散发着糜烂气息的女人身上美好的一面。但是这些单纯的新鲜的感情，让娜娜腐烂得更为迅速。

娜娜没有道德感，这不是娜娜的耻辱，在她狭隘逼仄的生命空间里根本就没有道德的容身之地。娜娜的挣扎更多的是出自一种女性本能。成为一个妻子，做一个母亲的本能。但是这些小小的努力与挣扎就像我们摔打着蛋糕模里的面团，摔打出气泡一样，让之后的堕落一泻千里般没有任何心理障碍。最后,娜娜死于天花,她美艳的容颜可怕地腐烂着。我一直怀疑左拉那样不惜余力地呈现娜娜腐烂的容貌是何居心?以丑陋到恶心的一面来抵挡内心深处被诱惑的耻辱感?

《娜娜》问世后被大肆攻击,人们咒骂左拉不道德。左拉认为自己的作品是最道德的作品,因为这是生活本身。一位英国文学评论家说过:左拉在《娜娜》一书中尽力去描绘一个堕落的女性,结果适得其反,在他笔下出现的是无数道德败坏的男人。左拉把娜娜比喻为金苍蝇,有毁灭性的酵素,但是中国有句俗话,苍蝇不叮无缝的蛋。这锅不能单叫娜娜背。

廊桥遗梦

罗伯特·金凯是《国家地理》杂志摄影师，离异，终日驾着一辆旧车浪迹天涯。他在麦迪逊村拍摄廊桥，遇到中年女子弗朗西斯卡，适逢弗朗西斯卡的丈夫带着孩子外出参加活动。孤男寡女一见钟情。

多么熟悉的故事。詹姆斯·沃勒的小说《廊桥遗梦》，克林特·伊斯特伍德执导并主演，光影世界比文字更有冲击力。但是我偏爱小说，因为文字朦胧了荷尔蒙的气息，净化了中年的油腻，同时文字无限的可想象的空间提升了这段感情的格调。虽然大家都认为格调不高。

风景多在奇崛处，高处亦是不胜寒。

四天之后，摄影师上路，丈夫回家。一切可以恢复原来的样子吗？可以啊。不然你要怎样？事实就是如此。弗朗西斯卡和丈夫安度余生，罗伯特继续他的职业生涯直到最后。曾经四天的热恋是燃烧后的灰烬，在各自心底飘落，成为此后情感世界不断回忆不断取暖的余温。仅此而已。

那么，如果弗朗西斯卡当年为爱痴狂，抛下孩子丈夫，和罗伯特双双走天涯，会怎样？首先弗朗西斯卡会被钉在道德的耻辱架上鞭挞，作为孩子的母亲，丈夫的妻子，社会很难认同中年女人听从欲望的诱惑，女人的欲望首先应该服从于社会的希望，当她的决定同时伤害了丈夫和孩子，她的爱情就成了无耻的苟且与发疯。我们一直赞成牺牲小我的感官快乐，成就他人。

何况，如果弗朗西斯卡真的和罗伯特走了，她会幸福吗？她和他的生活轨迹是如此截然不同。她固守在狭窄的土地与生活里，渴望的却是文明与诗意；而见多识广的罗伯特喜欢古老的生活方式，想挣脱一切教养、几世纪文化锤炼出来的礼仪、文明人的严格的规矩，文化价值反差中，爱情能否继续存活？

就是土壤水氮磷钾肥一切都有，爱情也未必长青。不然你家阳台上咋堆了那么多空花盆？

我喜欢书中他们初见的时候，饭后，"他仰望着天空，双手插在裤袋里，相机挂在左胯上。'月亮的银苹果/太阳的金苹果'他用他的男中音像一个职业演员那样朗诵这两句诗。她望着他说：'威廉·巴特勒·叶芝《流浪者安古斯之歌》。''对，叶芝的东西真好。现实主义，简洁精练，刺激感官，充满美感和魔力，合乎我爱尔兰传统的口味。'他都说了，用五个词全部概括了。"她的未被染指的内心深处所保留的文艺的感性与天真，在罗伯特这里找到了欣赏与默契。她的心动了，月色里的叶芝撩起她心中蛰伏的美丽与哀愁，安慰了她在麦迪逊人中感到的孤独、受到的伤害。他们一辈子都会以这种态度生活下去，她一辈子都会在这样格格不入的态度里生活，她知道这一点，这正是她灰心丧气之处。当然我觉得她很清楚那也是她与众不同之处。

念诗，文艺归文艺，那也得在琼瑶片中。不然的话，念的人投入得不行，旁人怎么看怎么肉酸作怪。

我还记得在大众电影院看这部电影，那会儿报社在华兴街范罗山下，中午和同事们一起蹭了场免费的《廊桥遗梦》。有个镜头记忆深刻：暴雨如注中弗朗西斯卡在车上一边敷衍丈夫一边透过淋漓的窗玻璃寻找罗伯特，是的，她爱他，是的，她将永远失去他，她内心的雨一定更大吧？弗朗西斯卡确定自己对于罗伯特而言不是一次旅途艳遇，罗伯特也感到："这样确切的爱，一生只有一次。"这大概率就是欧美所谓的灵魂伴侣了，虽然我总是悲观主义地认为就是灵魂伴侣天天一地鸡毛也会搞成鸡飞狗跳墙。

不过我也不赞成将《廊桥遗梦》视同对婚外情感的美化，对牺牲小我回归家庭的点赞。人生只是选择而已。他们基于自身的人生观、道德感、价值观，以及考量了得失权衡了利弊之后，做出了选择。尽量减少伤害面，尽量避免大的地震，毕竟过了任性的年纪，中年的选择，更为理性。还有就是，他们是善良的，也是胆怯的。与有情人做快乐事，管他是劫是缘。说起来很爽，也就岸边人过过嘴瘾。

有些书的确可以过些年再读，感觉会大不一样。我现在再看《廊桥遗梦》，感觉有的选择总是好的。当年看电影的时候，我二十几岁，理论上，人生有着多种可能；如今目测已经超过了女主当年的年纪，理论上，时间已经把其他可能一一给干掉了。不需要选择的人生很省心，也很无聊。所以我比较赞成年轻的时候也许可以试试？反正后面还有大把时间拆东墙补西墙。

其实不管弗朗西斯是走是留，哪怕她人生第一天遇到的就是罗伯特，哪有没有遗憾的人生？

罗伯特走了，弗朗西斯卡留下来，这种选择让她痛苦，也让她充满了牺牲的自我肯定感。从此之后，麦迪逊人的生活态度一如既往，弗朗西斯卡的内心不再失落，因为遥远的地方有人懂她。我承认男女主人公的伤感有点儿廉价，那是不如意的人生累积而成。去留之间，这廉价的伤感虽然有点沉重，其实还是挺美好的。